LE CORBEAU ROUGE

De Ange Lartier

L'attente au bord de cette falaise était interminable.

Ses cheveux bruns ondulaient au vent. Son regard bleu azur pointait l'horizon.

Un sourire de soulagement se dessina sur son visage.

C'était la fin ! La fin de cette horrible histoire ! La fin de toutes ces galères ! La fin de cette vie !

Son choix était fait, mais le courage manquait.

Et puis, la voiture arriva.

Le soleil de cette belle journée d'été rayonnait sur le pare-brise.

Un reflet scintilla, comme une étincelle. Une étincelle de courage.

Le courage qui lui manquait...

******

Les rayons du soleil matinal filtraient à travers la fenêtre de la cuisine.

En peignoir, les cheveux ébouriffés, Elisabeth Turdou chantonnait en préparant le petit déjeuner.

L'odeur du pain grillé se diffusait doucement dans la pièce. Le café embaumait déjà toute la maison. Il couvrait un peu cette odeur désagréable de peinture qui régnait sournoisement, ce matin, jusqu'à sa chambre.

— Je me demande ce que Jack a encore fabriqué, avant de partir au travail ! se dit-elle, en pensant à son mari bricoleur. J'irai voir dans le garage après le petit déjeuner !

Jack Turdou était un manuel.

Il consacrait le moindre de ses temps libres au bricolage. Le garage était son temple.

Il avait toujours un objet à réparer, une chose à restaurer, un concept à créer. Et, il était doué.

Il partait d'un petit rien et il en faisait des merveilles.

Sa dernière création, un guéridon en fer forgé, qui trônait fièrement dans l'angle du mur de la salle à manger.

Élisabeth disposa la tasse de son fils et la sienne sur la table. Tout était prêt !

Comme chaque matin, elle allait prendre le petit déjeuner avec son fils.
En semaine, Jack n'était jamais présent à ce petit rituel. Il commençait le travail plus tôt.

Il était déjà parti depuis plus d'une heure, tandis que Killian et Élisabeth dormaient encore profondément.

Sur le pas de la porte de la cuisine, Élisabeth appela son fils.

— Killian ! Lève-toi, mon chéri !

Elle n'avait pas envie de monter la quinzaine de marches qui la séparaient du premier étage, là où se trouvaient les chambres.

Elle se rassit lourdement et commença à beurrer quelques tartines. Elle savait que Killian allait arriver. Il avait le réveil facile.

Killian était un adolescent. 15 ans, vif, joyeux, parfois impétueux, il considérait l'école comme un vrai calvaire.

Son bulletin scolaire était loin d'être satisfaisant, mais Killian s'en moquait.

Il détestait rester assis sur les bancs de l'école toute une journée. Il voulait être maçon comme son père.

Il avait besoin de respirer le grand air et de travailler avec ses mains.

Il était lui aussi touché par ce virus intergénérationnel du bricolage qui avait d'abord contaminé son grand-père, puis son père.

Comme ses ainées, il aimait dire à sa mère « bricoleur de père en fils » lorsqu'elle rouspétait un petit peu trop fort à la vue des taches indélébiles sur ses vêtements.

Cette pensée fit sourire Élisabeth.

Elle finit de beurrer ses tartines et commença à grignoter.

Son estomac criait famine.

Elle ne pouvait plus attendre son fils qui, pour une fois, tardait à venir.

Ses deux tartines englouties, elle regarda sa montre.

Killian n'était toujours pas descendu et s'il ne se réveillait pas maintenant, il devrait louper son petit déjeuner pour ne pas être en retard.

Élisabeth s'inquiéta.

Ce n'était pas dans les habitudes de son fils. Il n'a jamais eu de mal à se lever.

Il devait sans doute être malade. Cette perspective lui noua l'estomac d'angoisse.

Élisabeth était une mère exclusive et souvent excessive. La relation qu'elle entretenait avec son fils était fusionnelle.

Pour se rassurer, elle se dit qu'il avait encore dû passer la moitié de la nuit à jouer sur sa tablette, en cachette, comme il le faisait trop régulièrement en ce moment.

— Ah ! Ces ados ! soupira-t-elle, en se levant. Ce soir, je lui confisquerai son matériel informatique pour la nuit, afin que Killian puisse récupérer son manque de sommeil.

Élisabeth monta à l'étage pour aller réveiller son garçon, de vive voix.

Un petit détail la perturba.

Elle se rendit très vite compte que l'odeur de peinture était plus tenace dans les escaliers et le couloir qui menaient aux chambres.

— Si Killian bricole dans sa chambre, sans ma permission, il va m'entendre ! se dit-elle, imaginant déjà les taches de peinture sur la moquette toute neuve.

Elle frappa à la porte de la chambre de son fils.

— Allez, mon grand dadais ! dit-elle, affectueusement. C'est l'heure de te lever !

Pas de réponse.

Elle insista.

— Killian ! Chéri ! Ça va ?

Toujours rien. Silence radio.

L'angoisse au creux de son estomac s'amplifia. Un mauvais pressentiment s'empara d'elle.

Elle ouvrit la porte et hurla, avant de s'évanouir.

******

L'eau de la rivière était si fraiche qu'elle rendait cette chaleur caniculaire presque supportable. Je me baignais paisiblement en regardant ma mère.

Elle était si belle dans son maillot de bain blanc.

Du haut de mes 14 ans, je la prenais pour une déesse. J'avais une admiration sans bornes pour elle.

Elle était drôle, pétillante, intelligente et tellement douce.

Je ressemblais beaucoup à mon père, le même caractère, mais j'avais hérité des yeux bleus azur de ma mère.

J'étais son unique enfant.

Elle m'appelait « mon trésor ».

Elle me disait toujours que je la comblais de joie.

Elle était incontestablement fière de moi. Ses yeux me le prouvaient à chaque fois qu'ils se posaient.

De toute ma vie, je n'ai jamais croisé un autre regard aussi plein d'amour que celui de ma mère. Sauf, peut-être, celui de...

Non, je ne pouvais pas y croire.

Nous nous connaissions seulement depuis une semaine.

L'amour ne pouvait pas être aussi intense. À moins que ce soit cela que l'on appelle la passion.

Mon « coup de foudre » était de passage dans la région, pour la période estivale.

Je vivais dans un petit village situé aux abords de la rivière où ma mère m'emmenait me baigner durant l'été.

C'était le point de rencontre des villageois, les chaudes journées de canicule. Tout le monde se connaissait.

À cet endroit, les potins les plus insensés prenaient naissance et étaient colportés dans chaque foyer.

Il y avait parfois une petite part de vérité dans ses cancans, mais le plus souvent, ses médisances étaient déformées et amplifiées au maximum.

Ma mère ne portait que peu d'intérêt aux ragots. Elle n'aimait pas dire du mal de son prochain et elle ne supportait pas que l'on dise du mal d'elle.

C'était viscéral.

Je me souviens du jour où la rumeur affirmait que ma mère avait eu une relation extraconjugale avec le boucher.

Mon père avait pris la nouvelle à la rigolade. Il connaissait le boucher depuis l'enfance et savait que le physique peu avantageux de cet homme ne plaisait pas du tout à ma mère.

Les choses auraient pu en rester là, mais ma mère voulait un démenti sur la place publique. Elle enquêta pour déterminer qui avait propagé cette fausse information. Puis, elle alla trouver la coupable pour qu'elle s'excuse devant tout le monde.

Cela n'a pas été sans mal, car la vieille harpie ne l'entendait pas de cette oreille. Mais pour ma mère, on ne plaisantait pas avec l'honneur et la vieille céda.

Une algue emportée par le courant de la rivière frôla mes jambes et me fit sursauter.

— Je vais me faire bronzer un petit peu ! dis-je à ma mère.

— Très bien, mon trésor ! Je reste encore dans l'eau. J'y suis tellement bien. À tout à l'heure.

— D'accord ! À tout à l'heure.

En installant ma serviette de bain sur un petit coin d'herbe, mon cœur se mit à battre. Mon « coup de foudre », accompagné d'un groupe d'amis, venait vers moi.

Assommée par les barbituriques et l'alcool, Paméla Jassin se réveillait avec difficulté. Sa main bouscula le cadre posé sur sa table de nuit.

Steven Jassin, son mari, le remit en place et admira l'espace d'un instant la photo.

Elle avait été prise le jour de leur mariage. Ils étaient si beaux tous les deux.

Paméla adorait ce cliché.

Elle trouvait Steven tellement séduisant avec sa fossette au menton, son regard de braise et ses cheveux noir corbeau.

— Debout ! C'est l'heure ! dit Steven, avec tendresse à Paméla.

Dans un long soupir, il regarda sa femme et lui secoua l'épaule.

Un ronflement grave et puant sortit de la bouche de Paméla.

Les yeux tristes, Steven dévisagea son épouse pour chercher dans ces traits dévastés par l'alcool et les médicaments ce petit quelque chose en plus, ce charme, dont il était tombé éperdument amoureux, il y a plus de dix-sept ans.

Il s'était tellement senti envouté le jour de leur rencontre.

Elle était devenue une obsession. Elle était si belle avec ses yeux vert émeraude et son sourire radieux. Elle était si intelligente, si pleine d'humour.

Pour Steven, Paméla était la femme parfaite.

Elle ne quittait plus son esprit.

Il voulait consacrer sa vie à la rendre heureuse.

Pour cela, il aurait tout fait. Il aurait remué ciel et terre, il aurait décroché la lune, il aurait même pu tuer si elle le lui avait demandé.

— Quel gâchis ! se dit-il, en la regardant dormir.

Steven n'avait pas réussi à la rendre heureuse. Et il s'en voulait.

Mais, il n'y pouvait rien. La vie l'avait voulu ainsi.

Steven Jassin était devenu fataliste depuis ce jour maudit où Paméla était revenue en pleurs à la maison.

— Que t'arrive-t-il, mon amour ? lui avait-il demandé, inquiet.

— Je reviens du gynécologue ! J'ai fait de nouveaux examens après ma deuxième fausse couche.

— Pourquoi ne me l'as-tu pas dit ?

— Je ne voulais pas t'alarmer davantage, mon chéri ! Je voulais te protéger.

— Mon amour, c'est à moi de te protéger ! Et que t'as dit le médecin ?

— Les nouvelles ne sont pas bonnes ! dit-elle, entre deux sanglots. Je ne pourrais jamais avoir d'enfants.

Steven se souvint encore très bien de cette sensation de coup de poignard dans le ventre, de ces sueurs froides lui traversant le corps.

Pour lui, la nouvelle n'était pas si dramatique. Après tout, il pourrait très bien vivre sans enfant. Tout ce qu'il voulait, c'était vivre au côté de Paméla.

Mais, il savait que Paméla tenait beaucoup à avoir un enfant. Et, c'est pour elle qu'il s'inquiétait.

Elle répétait tout le temps qu'elle ferait un petit garçon. Un petit Steven junior.

— Il aura tes yeux, ton nez, ta bouche ! disait-elle, fièrement, en embrassant son mari tendrement.

Il adorait ses moments romantiques.

Avant Paméla, il trouvait ce genre d'attitudes terriblement niaises. Avec Paméla, il en redemandait.

Steven poussa un long soupir de désespoir et caressa la joue de sa femme.

Un autre ronflement sonore résonna dans la pièce, mais cette fois, Paméla ouvrit enfin les yeux.

— Bonjour, ma chérie !

— Bonjour ! grommela Paméla. J'ai soif.

— Bien sûr, ma chérie ! Je t'apporte un verre d'eau.

— Un verre d'eau ! protesta Paméla.

— Oui, ma chérie ! Tu ne vas tout de même pas commencer la journée avec un verre de whisky.

Paméla fit une grimace.

— Mais, j'ai tellement mal !

— Je sais ! Mais ce n'est pas l'alcool qui va t'aider à aller mieux ! dit-il, tendrement.

— Arrête ! Tu me le dis tous les jours !

— C'est parce que c'est la vérité !

— Ah ! Tu m'ennuies !

Steven Jassin s'éloigna dans la cuisine. Au même moment, le téléphone sonna.

— Je réponds, ma chérie ! Ne te lève pas !

Paméla grommela.

— Je n'avais pas l'intention de me lever !

Quelques instants plus tard, Steven revint dans la chambre, les mains vides, le teint livide.

— Et mon verre ! protesta Paméla.

Steven resta planté dans l'encadrement de la porte. Sans répondre.

— Qu'est-ce qui se passe ? demanda Paméla, confuse.

— C'était la police !

******

Tranquillement allongée sur sa serviette de bain, ma mère lisait un livre. C'était la fin d'après-midi.

Je venais de passer les heures les plus sublimes de ma vie.

Mon coup de foudre faisait battre mon cœur si fort que j'avais l'impression qu'il allait exploser.

Nos regards insistants en disaient long sur nos sentiments respectifs. L'amour me dévorait.

C'était si bon, c'était si beau.

La différence d'âge qui nous séparait n'avait que peu d'importance pour nous deux.

Après tout, 6 ans, c'était tellement peu.

— Je te laisse avec tes amis, mon trésor ! me dit ma mère. Je rentre préparer le diner. Je veux que tu sois à la maison à 19 heures 30, dernier délai.

— Très bien, maman ! À tout à l'heure !

Ma mère s'éloigna et les railleries de mes amis
commencèrent.

— Mon trésor ! Quel joli nom ! dit le premier.

— Fais-moi un bisou, mon trésor ! surenchérit le
deuxième.

— Est-ce que tu fais encore pipi au lit, mon trésor ? se
moqua un troisième.

Mon coup de foudre resta stoïque. La moquerie n'était
visiblement pas son style.

— Arrêtez ! dis-je, avec autorité.

J'aimais énormément ma mère, mais je ne lui ai jamais
pardonné la honte qu'elle venait de m'infliger devant mes
amis et mon coup de foudre.

******

Totalement sous le choc, Elisabeth Turdou, toujours en peignoir, était recroquevillé sur elle même sur le canapé de son salon.

Elle avala sans résistance les tranquillisants que lui tendait, Élise Novant, sa mère, une vieille femme, aux cheveux grisonnants, et au doux visage ridé par le temps.

— Je les ai trouvés dans ta pharmacie ! Prends-les, ma chérie ! Ils vont t'aider à tenir le choc !

L'agitation était à son comble autour des deux femmes.

Une brigade d'enquête était déjà sur place et relevait minutieusement chaque indice.

Un périmètre de sécurité avait été placé.

Un policier s'approcha des deux femmes.

— Bonjour, mesdames ! Je suis l'inspecteur Laplante ! Je suis chargé de l'enquête. Permettez-moi de vous adresser toutes mes condoléances.

— Merci, monsieur l'inspecteur ! dit Élise, un sanglot dans la voix.

Élisabeth ne répondit pas.

Toujours en position fœtale, serrant un coussin entre ses bras, elle avait le regard vide.

Même la longue barbe de hipster de l'inspecteur Laplante n'attira pas son attention.

— J'aimerais vous poser quelques questions !

— Écoutez, monsieur l'inspecteur ! Ma fille est en état de choc. Je ne pense pas qu'elle soit capable de répondre à quoi que ce soit.

— Je comprends ! Mes collègues m'ont dit que votre fille avait découvert le corps.

— C'est exact !

— Étiez-vous avec votre fille à ce moment-là ?

— Non, j'étais chez moi. À l'autre bout de la rue ! Ce sont les voisins de ma fille qui m'ont appelé.
Ils ont entendu Élisabeth hurler. Ils sont alors venus voir ce qu'il se passait.
La porte n'était pas verrouillée. Ils sont entrés puis ils ont téléphoné rapidement à la police lorsqu'ils ont découvert ma fille évanouie et mon petit... !

Élise ne termina pas sa phrase. Des sanglots avaient envahi sa voix.

L'inspecteur Laplante respecta sa douleur. Il lui tendit un verre d'eau qui se trouvait à proximité des deux femmes.

Élise Novant but lentement et reprit ses esprits.

Elle était visiblement choquée, mais essayait de rester digne et forte pour soutenir sa fille.

Elle prit une grande inspiration puis continua son récit.

— Les voisins m'ont prévenu juste après. J'ai couru comme une folle jusqu'ici. Je n'ai même pas pris le temps de me changer. Je suis encore en pyjama.

— Votre fille est-elle mariée ou divorcée ?

— Mariée ! Nous avons essayé plusieurs fois de prévenir mon gendre sur son portable, mais personne ne répond. Nous avons essayé de joindre le secrétariat de la société dans laquelle il travaille, mais nous sommes tombés sur le répondeur.
Les secrétaires ne sont pas encore arrivées.

— D'accord ! dit l'inspecteur Laplante en prenant des notes. Voulez-vous que je demande à mes collègues de prévenir votre gendre ?

— Non, je préfère le faire moi-même. Vous comprenez, c'est délicat ! Je pense le connaître suffisamment pour trouver les mots justes.

J'essayerai à nouveau dans cinq minutes. Il doit se trouver dans un endroit ou le réseau téléphonique n'est pas très bon.

— Tenez-moi au courant lorsque vous avez réussi à le joindre ! Nous pourrons envoyer une voiture de police pour aller le chercher. S'il est sous le choc, il est préférable qu'il ne conduise pas.

— D'accord, inspecteur ! Je lui dirais.

— Que s'est-il passé lorsque vous êtes arrivé chez votre fille ?

— Les voisins étaient autour du canapé et s'occupaient de ma fille. Ils tentaient au mieux de la réconforter. Elle venait de reprendre connaissance.

— Vous ne l'avez donc pas vue évanouie !

— Non !

— Avez-vous mis les pieds sur la scène du crime ?

— Non ! Les voisins m'ont expliqué sans rentrer dans les détails. Je n'ai pas voulu voir cela. Je suis sensible, vous comprenez. Je préfère garder l'image de mon petit fils, vivant et souriant.

— Je comprends !

C'est alors qu'Élisabeth sortit de sa torpeur.

Elle ressemblait à un zombie. Les yeux dans le vide, elle prit la parole.

Un filet de voix sortait de sa bouche.

L'inspecteur demanda le silence autour de lui.

— C'était horrible ! balbutia Élisabeth. Je suis allée réveiller Killian parce que j'étais inquiète qu'il ne se lève pas.
Je pensais qu'il était malade.
Lorsque j'ai ouvert la porte de la chambre de mon fils, ce n'est pas lui que j'ai vu en premier, mais ces inscriptions immondes au mur.
Il était écrit : et de 1.
Au départ, j'ai cru que c'était du sang.
J'étais totalement affolée.
La peinture coulait en gouttelette en dessous de chaque lettre, le long du mur. Et puis l'odeur forte de la peinture m'a rapidement fait penser qu'il ne s'agissait pas de sang, mais de peinture.
J'étais stupéfaite.
J'ai rapidement pensé que c'était une mauvaise blague de Killian ?
Qu'il avait voulu détériorer l'aspect du mur, juste pour avoir à le refaire !

Il adorait bricoler !
Je me rappelle très bien que je suis devenue furieuse.
Il allait m'entendre. Je suis horrible d'avoir pensé une chose pareille.
J'en voulais à mon fils alors qu'il était mort.

Elisabeth Turdou éclata en sanglots. Sa mère la serra dans ses bras.

— Tu n'as rien à te reprocher ! Tu ne le savais pas ! dit sa mère pour tenter de la réconforter.

Élisabeth reprit son récit en pleurant. Elle articulait mal et sa voix était encore plus inaudible.

L'inspecteur Laplante tendit l'oreille pour écouter et essayer de comprendre.

— J'étais prête à lui crier dessus lorsque je me suis approchée de son lit.
Je croyais qu'il dormait encore, mais, lorsque j'ai vu ses yeux ouverts, son regard vide, et la cordelette autour de son cou. J'ai compris immédiatement qu'il...

Élisabeth éclata à nouveau en sanglots sans finir sa phrase.

— J'ai hurlé. Je l'ai secoué pour tenter de le ramener à la vie et puis je ne me souviens plus de rien. C'est le trou noir. Je me suis réveillée sur mon canapé. Mes voisins étaient là et ma mère arrivait.

— Je vous remercie, Madame ! dit l'inspecteur Laplante. Reposez-vous à présent. Je reviendrai vers vous plus tard.

Élisabeth secoua la tête en signe d'approbation et s'effondra de douleur dans les bras de sa mère.

Élise Novant répétait en boucle à sa fille.

— Je suis tellement désolée !

Les deux femmes avaient l'air de souffrir le martyre et l'inspecteur préféra leur laisser un peu d'intimité.

******

— La police ? Au téléphone ? demanda Paméla Jassin.
Mais que voulait-il ? Je te jure que je n'ai pas conduit en
état d'ivresse ! Tu sais très bien que...

— Killian est mort ! dit Steven Jassin, en coupant la parole
à Paméla.

— Quoi ! Mais... Mais, ce n'est pas possible. Il n'a que 15
ans. Il est en pleine forme !

— Je t'assure que la police vient de m'annoncer que
Killian était mort.

— Mort ! Killian ! répéta Paméla, pétrifiée. Ce n'est pas
possible ! Comment va ma sœur ?

— Ta mère s'occupe d'elle. Elle a demandé à la police de
nous prévenir.

— Comment est-il mort ? A-t-il eu un accident ?

— Non, pas du tout ! C'est plutôt délicat à expliquer !

— C'est à dire ?

— D'après la police, il a été assassiné !

— Assassiné ! Mais on n'assassine pas un gamin !

— Pourtant, d'après les flics, il aurait été étranglé dans son lit.

— Nom de dieu ! Dans son lit ! Mais, comment est-ce possible ?

— Je ne sais pas. C'est horrible !

— Je n'y comprends rien ! Vite ! Préparons-nous ! Il faut aller chez ma sœur.

— D'accord ! J'appelle le boulot pour leur signaler mon absence et je t'accompagne.

— OK, je vais vite me laver et enfiler quelque chose de correct.

La nouvelle venait d'agir comme un électrochoc sur Paméla.

Steven avait l'impression que sa femme était de nouveau vivante.

Ce drame lui avait donné un coup de fouet.

Il venait de retrouver la Paméla vive et impliquée dont il était tombé amoureux.

Elle était bien sûr dans tous ses états, mais elle réagissait et c'était bien là l'essentiel.

Malgré tout, Steven n'arrivait pas à déterminer si Paméla était triste pour son neveu.

La réaction de sa femme était étrange. Presque froide.

Comme si quelque chose sonnait faux. Comme si les mots qu'elle prononçait ne s'accordaient pas avec ses sentiments intérieurs.

Mais finalement, il s'en fichait.

Il n'avait pas de compassion pour Killian, lui non plus.

Secrètement, il n'aimait pas ce gamin. Il l'avait même en horreur.

L'arrivée de cet enfant avait détruit son univers si heureux. La naissance de Killian avait été le déclencheur de la dépression de Paméla.

Naturellement, Paméla était revenue de la maternité le jour de l'accouchement de sa sœur avec une seule idée en tête, avoir un enfant.

Il avait fallu 8 ans d'espoir, de courage et deux fausses couches, pour que l'on annonce à sa femme qu'elle ne pourrait jamais avoir d'enfants.

Mais, il en fallait plus à Paméla pour se laisser abattre. L'adoption était une autre solution. Elle s'était juré de fonder une famille, coute que coute.

— Un jour, tu verras, nous serons aussi heureux qu'Élisabeth ! disait-elle, souvent à Steven. Tu seras un merveilleux papa !

Le bonheur de sa sœur lui faisait tellement envie. Killian était si mignon, si adorable.

Elle aimait son neveu profondément, et quelque part, au fond d'elle, elle aurait tellement voulu qu'il soit à elle.

Élisabeth ne méritait pas une vie aussi parfaite, elle ne méritait pas un fils aussi gentil, elle ne méritait pas une si jolie famille.

Paméla connaissait le lourd secret de sa sœur depuis tellement d'années. Comme une ombre dévorante, il venait souvent la tourmenter. Pourquoi la vie était-elle aussi injuste ?

Non, vraiment ! Élisabeth ne méritait pas tout ce bonheur !

******

L'ambulance venait de partir pour transporter le corps de Killian à la morgue.

Élisabeth était totalement effondrée sur son canapé. Sa mère, à ses côtés, l'entourait de toute son affection.

Les voisins étaient rentrés chez eux et la police scientifique avait terminé leurs relevés.

L'inspecteur Laplante discutait de l'enquête avec les policiers encore sur place.

Les yeux dans le vague, Élisabeth demanda à sa mère :

— As-tu réussi à joindre Jack ?

— Non, ma chérie. Ton mari est toujours injoignable sur son portable.

— Mais, qu'est-ce qu'il fabrique ? Depuis quelque temps, j'ai souvent du mal à le contacter ! Je tombe une fois sur deux sur son répondeur ! marmonna-t-elle.

— Il doit avoir des problèmes avec le réseau de son téléphone ! dit Élise, pour rassurer sa fille.

— As-tu téléphoné à son travail ?

— Oui, mais la secrétaire ne l'a pas vu ce matin. Elle est arrivée en retard et n'a croisé aucun ouvrier avant qu'ils ne partent sur les chantiers.

Élise releva la tête et aperçut une jolie blonde à lunette, en pleine discussion avec un policier qui lui barrait le passage.

C'était Suzie Flénat, la meilleure amie de sa fille.

— Puisque je vous dis que je suis une amie d'Élisabeth. J'habite le quartier… dit Suzie, en tentant de convaincre le policier de la laisser passer.

— Laissez-la entrer ! dit Élise. C'est une amie.

— Merci, Élise ! dit Suzie, en s'approchant d'elle. Je faisais mon jogging comme tous les matins, lorsque j'ai vu les voitures de police garées devant chez toi. Qu'est-ce qui se passe ?

Suzie regarda avec affolement sa meilleure amie, Élisabeth, prostrée sur le canapé.

Elle était anxieuse. Elle avait peur de la nouvelle qu'Élise allait lui annoncer.

Tous ces policiers n'étaient pas de bon augure.

— C'est Killian ! dit Élise.

— Que lui est-il arrivé ?

— Il nous a quittés ! répondit Élise, comme si prononcer le mot « mort » était trop pénible.

— Oh, mon Dieu ! Il a eu un accident ?

— Non, il a été…

La grand-mère retint quelques sanglots et dit doucement

— assassiné !

Suzie s'effondra sur un coin libre du canapé, la tête entre les mains.

*****

Depuis deux jours, je vivais un bonheur absolu.

Mon cœur battait la chamade dès que nos regards se croisaient.

Ma tête tournait lorsque nos lèvres se frôlaient.

Mes jambes flageolaient quand nos mains s'effleuraient.

Notre premier baiser avait été si doux et si intense à la fois.

Sa bouche pulpeuse, l'odeur de sa peau, la chaleur de ses mains chaviraient mon âme entière.

Ses yeux, ses magnifiques yeux me faisaient littéralement fondre. Cette petite étincelle qui brillait dans son regard était irrésistible.

Nous nous promenions main dans la main à l'ombre de la forêt.

La canicule régnait toujours en maitre.

Les arbres denses autour de nous cachaient notre amour interdit.

Personne ne doit savoir ! me disait mon « coup de foudre ». J'ai 21 ans. Tu en as 14. Quand ils le seront, le village tout entier voudra nous séparer.

Une rupture était inenvisageable. Je ne l'aurai pas supportée. Je l'aimais trop.

✶✶✶✶✶

Assise sur le siège passager, Paméla arrangea ses cheveux en queue de cheval.

Steven conduisait.

Le silence régnait en maitre dans l'habitacle.

Les pensées de Paméla vagabondèrent.

Elle se souvint de ce jour, comme si c'était hier. Ce jour où elle a appris la vérité. Ce jour où elle n'a plus jamais vu Élisabeth de la même façon.

Les yeux dans le vague, la scène se rejouait dans son esprit.

C'était l'anniversaire de Steven Jassin, il y a un peu plus de 15 ans.

Paméla avait invité sa sœur, Élisabeth, et son beau-frère, Jack, pour l'occasion.

Élisabeth et Jack Turdou étaient ravis de venir. Ils avaient offert un magnifique couteau de survie à Steven.

Ce soir-là, Élisabeth avait un peu abusé du punch. Il faut dire qu'il était délicieux.

Dans la cuisine, pendant que les deux sœurs préparaient le dessert, Élisabeth fit une révélation fracassante à sa sœur.

— Il faut que je te dise un truc, Paméla ! balbutia Élisabeth.

— Je t'écoute ! dit Paméla, d'une oreille distraite.

La préparation du gâteau d'anniversaire de Steven retenait toute sa concentration.
Elle traçait de belles lettres en chocolat fondu grâce au cornet en papier sulfurisé qu'elle venait de confectionner.

La pâtisserie était une passion pour Paméla.

« Joyeux anniversaire, mon amour » s'inscrivait lentement sur la pâte d'amande.

— Paméla, je ne plaisante pas. Il faut vraiment que je te parle ! J'ai merdé ! dit Élisabeth, en voulant capter l'attention de sa sœur.

Paméla releva la tête quelques secondes.

— T'as trompé ton mari ? demanda Paméla, inquiète.

— Non, ce n'est pas cela !

— Ah, tu m'as fait peur ! dit Paméla, en reprenant l'écriture sur le gâteau.

— C'est pire que cela ! dit Élisabeth. J'ai tué quelqu'un.

Paméla releva la tête et lâcha le cornet de papier sulfurisé. Le chocolat fondu se répandit aussitôt, s'étalant sur la surface du gâteau.

— Qu'est ce que tu viens de dire ?

— J'ai tué quelqu'un.

Le cœur de Paméla s'accéléra et elle dut s'asseoir pour accuser le choc de la nouvelle.

Un lourd silence s'installa. Élisabeth reprit son explication.

— C'était un accident, il y a deux ans. Je suis sorti danser, puis j'ai fini la nuit chez une copine.
J'étais saoule.
Jack n'était pas à la maison. Il était en déplacement pour un mois et ne revenait pas le week-end.
Au petit matin, je suis rentrée chez moi. J'avais encore beaucoup d'alcool dans le sang. Il était sept heures.
Je ne l'ai pas vu.
Il faisait son jogging sur le bord de la route qui longe la forêt.
Je n'ai pas compris ce qui s'est passé.

Je me souviens d'un bruit sourd puis j'ai vu dans mon rétroviseur, un homme ensanglanté, allongé sur la chaussée.

J'ai eu peur, je me suis enfuie, sans lui porter secours.

C'est alors que tout se mit en place dans l'esprit de Paméla.

— Attends ! Tu veux dire que c'est toi qui as tué le mari de Suzie, ta meilleure amie ?

— Oui ! dit Élisabeth, totalement désespérée. Je ne savais pas que c'était le mari de Suzie.

— Mais pourquoi as-tu pris la fuite ?

— J'étais saoule. Je ne voulais pas aller en prison.

— Te rends-tu compte qu'il aurait pu être sauvé si tu avais appelé les secours immédiatement, au lieu de le laisser crever comme un chien sur le bord d'une route déserte ?

— Je le sais ! Son image me hante chaque nuit ! Mais, s'il te plait, ne dis rien à personne ! Tu es la seule au courant !

— Te rends-tu compte du fardeau que tu m'infliges ? C'est horrible. Pourquoi m'en as-tu parlé ?

— Je ne sais pas. Peut-être pour soulager ma conscience !

— Et ma conscience à moi ! Y as-tu pensé ? C'est un secret trop lourd à porter. Je ne sais pas si je pourrai me taire.

— Je t'en supplie. Fais-le pour moi. Je suis ta sœur.

— D'accord ! Je me tairai ! dit Paméla, angoissée.

Paméla se demanda comment elle allait pouvoir garder le secret. Elle, qui croyait que l'honnêteté était toujours le meilleur moyen de s'en sortir.

Deux mois passèrent. Rongée par sa conscience, Paméla ne dormait plus.

Elle était sur le point de tout révéler à la police pour retrouver le sommeil et soulager sa conscience.

Mais Élisabeth lui annonça qu'elle était enceinte.

C'était irrévocable ! Ce secret ne devrait plus jamais refaire surface. Pour le bien de l'enfant.

******

Suzie assise à côté d'Élisabeth consolait son amie de son mieux. Élise fumait une cigarette à leur côté.

L'inspecteur Laplante s'approcha.

— Avez-vous réussi à joindre votre mari ?

— Non ! Toujours pas de réponse ! dit Élisabeth. Je n'arrive pas à joindre mon beau-père également. Il a dû aller faire ses courses comme chaque matin. J'ai laissé un message sur son répondeur. Il n'a pas de téléphone portable.

— Très bien ! Puis-je vous poser quelques questions ?

— Oui ! dit Élisabeth, totalement à bout de nerfs.

— Votre porte n'était pas fracturée ! Avez-vous subi un vol de clef dernièrement ? Et qui possède le double de vos clefs ?

— Non, aucun vol et personne ne possède de double.

Élisabeth se leva vers le tableau à clef.

— Voici mon trousseau ! Et, celui-là, appartient à Killian ! dit-elle, des sanglots dans la voix.

Mon mari est parti avec ses clefs ce matin, comme chaque jour.

En ce qui concerne l'effraction, c'est mon mari qui verrouille la porte le soir et il est possible qu'il ne l'ait pas fait.

Nous vivons dans un quartier tranquille et Jack oublie fréquemment de fermer la porte à clef.

Mais, vous lui poserez la question quand il rentrera.

— Bien entendu ! Connaissez-vous des ennemis à votre fils ?

— Non, mon fils n'aime pas les histoires.

Subitement, le regard d'Élisabeth s'assombrit.

Elle venait de se rendre compte qu'il allait falloir parler de son fils au passé à présent. Que plus rien ne serait comme avant ! Qu'il ne reviendrait pas !

— Mon fils n'aimait pas les histoires, se reprit-elle, puis elle se réfugia dans les bras de sa mère.

L'inspecteur Laplante cessa l'interrogatoire et se retourna vers Suzie.

— Vous êtes de la famille ? demanda-t-il.

— Non, je suis la meilleure amie d'Élisabeth.

Au même moment, le téléphone de l'inspecteur Laplante sonna.

— Veuillez m'excuser ! dit-il poliment à Suzie. Inspecteur Laplante, j'écoute.

L'inspecteur écouta calmement son interlocuteur.

— Nom de dieu, jura-t-il avant de raccrocher.

Suzie, Élisabeth et Élise relevèrent la tête vers l'inspecteur, surprise par ce juron.

— J'ai une terrible nouvelle à vous annoncer ! dit-il, en regardant tristement Élisabeth.

— Que se passe-t-il encore ? demanda Élisabeth, au bord du gouffre.

L'inspecteur Laplante détestait ces moments difficiles. Mais là, il n'avait jamais eu à affronter une situation pareille.

Il se demandait comment annoncer la mauvaise nouvelle.

Il savait que son annonce allait être dévastatrice. Il savait que la vie de cette femme était détruite à jamais.

Il prit son courage à deux mains et avec toute l'empathie dont il pouvait faire preuve, l'inspecteur annonça :

— Votre mari est mort. Il a été assassiné.

Élisabeth fixait de ses yeux incrédules l'inspecteur Laplante. Durant quelques secondes, elle resta silencieuse, sans bouger, comme pour digérer l'horrible nouvelle.

Quelques secondes interminables pour l'inspecteur.

La détresse dans les yeux de cette femme était insoutenable.

Il aurait eu envie de lui dire que tout allait s'arranger, mais ce n'était pas le cas. Il ne pouvait rien faire pour l'aider, mis à part trouver le coupable, le plus rapidement possible.

Élisabeth sombra dans les bras de sa mère. Sa plainte douloureuse déchira l'air de la pièce.

Puis, le silence pesant enveloppa les lieux.

L'inspecteur Laplante se figea. Il se sentait terriblement mal à l'aise.

Pour se donner du courage, il imagina le visage de sa femme, si belle, si douce.

Anaïs a toujours été son équilibre, sa raison de vivre.

Ils se sont rencontrés au lycée et ne se sont plus jamais séparés.

Elle lui avait donné deux beaux enfants, des jumeaux, qui volaient tous les deux de leurs propres ailes, à présent.

À 42 ans, l'inspecteur Laplante était un homme comblé, épanoui et heureux.

Il se caressait la pointe de sa longue barbe comme il avait pris l'habitude de le faire depuis qu'il l'avait laissé pousser à la suite d'un pari perdu avec ses fils.

Ce geste le rassurait lorsqu'il se sentait mal à l'aise.

Le doux visage d'Anaïs se dissipa lentement et l'inspecteur Laplante revint à la réalité.

Il s'apprêta à sortir de la pièce sur la pointe des pieds. Sa présence policière était de trop.

Élisabeth avait besoin de se retrouver seule avec sa mère et sa meilleure amie.

Mais, sur le pas de la porte, son attention fut attirée par la voix de Suzie. L'inspecteur tendit l'oreille et se retourna.

Suzie fixait le mur en face d'elle. Ces yeux étaient froids et sans vie, sa voix impassible et monocorde. Son visage sans expression.

Elle avait l'air sous le choc, totalement atterrée.

— Je sais ce que l'on ressent lorsque l'on a tout perdu ! dit-elle, lentement.

Une larme glissa le long de sa joue.

******

Une odeur de confiture flottait dans l'air. Je m'amusais à tenter de reconnaître le fruit qui répandait ce parfum subtil et enivrant pour les papilles.

— C'est de la confiture de mûres ! dis-je, joyeusement, en entrant dans la cuisine.

Ma mère était debout devant ses fourneaux, dos à la porte. Elle ne se retourna pas pour me répondre.

— Maman ! Tout va bien ? demandé-je.

— Où étais-tu cet après-midi ? me dit-elle, sèchement.

— Avec mes amis ! Pourquoi ?

— Tu mens !

— Mais, maman !

— Je t'ai vu dans la forêt, lorsque je suis allée ramasser des mûres. Vous vous embrassiez.

Ma mère était terriblement énervée. Je ne répondis rien. Elle venait de découvrir le pot aux roses.

— Combien d'années de différence avez-vous ?

— 7 ans ! dis-je, timidement.

— Connais-tu la signification d'un détournement de mineur ?

— Oui, j'en ai entendu parler.

— Très bien ! Alors, je ne veux plus que vous vous revoyiez !

— Mais, maman !

— File dans ta chambre ! Tu y resteras jusqu'à la fin des vacances ! hurla-t-elle.

Pour la première fois de ma vie, je trouvais ma mère laide. Quelque chose venait de se briser ! Je crois bien que je la détestais !

******

Il était déjà midi et l'inspecteur Laplante avait quitté les lieux du crime.

Il était passé au bureau et avait analysé les photos de la deuxième scène de crime.

Un homme poignardé dans le dos gisait sur le trottoir, dans son sang. Sur le mur de l'immeuble en face de lui était inscrit en lettre de peinture rouge « Et de 2 ».

Un détail troublant perturbait l'inspecteur. L'homme venait de faire l'amour. Il portait encore un préservatif sur lui.

L'esprit de Laplante bouillonnait. Il se sentait déjà sous pression. Il savait que l'enquête serait difficile et éprouvante.

Mais pour l'heure, il avait besoin de prendre du recul. Ses deux morts violentes lui donnaient la nausée.

Il avait rendez-vous avec Anaïs, sa femme, pour déjeuner au restaurant et ce petit moment en amoureux tombait à merveille.

Anaïs était la seule personne au monde qui pouvait le faire décompresser. Elle n'avait pas besoin de dire quelque chose. Sa présence, et son sourire suffisaient à l'inspecteur Laplante.

Anaïs avait ce don. Elle rendait l'inspecteur heureux parce qu'elle était « elle » tout simplement.

Au volant de sa voiture, il aperçut sa femme qui l'attendait au coin de la rue.

Elle était si belle dans sa petite robe blanche à fleurs. Elle portait à merveille ses 40 ans.

Ses cheveux blonds ondulaient au vent. Laplante se gara rapidement pour aller rejoindre son épouse.

Un sourire illumina le visage d'Anaïs lorsqu'elle aperçut son mari s'approcher d'elle.

— Bonjour, mon cœur ! dit Anaïs, en embrassant son mari. D'un geste tendre, elle caressa la joue barbue de son homme.

Elle avait détesté cette barbe, au tout début. Elle en avait voulu à son mari d'avoir fait un pari aussi stupide avec leurs fils.

Laplante avait convenu avec ses deux garçons qu'il se laisserait pousser la barbe si l'équipe locale remportait le championnat. D'après lui, c'était joué d'avance.

L'équipe locale ne pouvait pas gagner.

Mais contre toute attente, la victoire fut éclatante et la barbe poussa.

Ce look de hipster était loin de plaire à Anaïs, mais avec le temps, elle s'y était faite et à présent, elle trouvait son mari plutôt séduisant avec cette longue barbe qu'il entretenait chaque jour avec patience et un certain savoir-faire.

— Tu n'as pas l'air de bien aller ! demanda-t-elle.

— J'ai eu une dure matinée ! dit-il, en serrant sa femme dans ses bras. Un sentiment de bien-être l'envahit.

— Raconte-moi ! dit Anaïs.

— D'accord, mais d'abord, allons manger !

Le ventre de l'inspecteur criait famine. Il avait besoin de reprendre des forces.

Le couple avait ses habitudes dans ce petit restaurant. Toujours la même table, chaque lundi. Ces petits rituels étaient importants à leurs yeux.

Assis l'un en face de l'autre, l'inspecteur se mit à vider son sac.

Il savait qu'il pouvait tout confier à sa femme, qu'elle serait muette comme une tombe.

— J'ai été appelé ce matin pour le meurtre d'un gamin de 15 ans !

— Quelle horreur ! Que s'est-il passé ?

— Sa mère l'a retrouvé étranglé dans son lit. Sur le mur, il y avait une inscription à la peinture, en lettre rouge : Et de 1 !

— C'est affreux ! L'assassin est-il entré par effraction ?

— Non. Ni la porte ni les fenêtres n'ont été fracturées.

— Est-ce que quelqu'un de la maison aurait tué le petit ?

— Pas sur ! La porte aurait pu rester ouverte durant la nuit, laissant à l'assassin la possibilité de rentrer facilement.

— Les parents doivent être horrifiés !

— La maman du gamin est sous calmant.

— Et le père ?

— On l'a retrouvé assassiné également.

— Comment ? Dans son lit, lui aussi !

— Non ! On l'a retrouvé dans une ruelle. Il a été poignardé.
Il semblerait qu'il venait d'avoir une relation sexuelle juste avant le drame. Sa braguette était ouverte, son sexe portait encore un préservatif usagé qu'il venait de remplir. Si tu vois ce que je veux dire.

— C'était un violeur ?

— Non, pas à première vue. Il n'avait pas de traces de lutte ou de griffures sur la peau.
Il a été poignardé dans le dos. On ne sait pas encore si son assassin est la personne avec qui il venait de faire l'amour. Peut-être que le légiste nous en dira un peu plus.

— Mon dieu, mais c'est affreux !

— Penses-tu qu'il faisait l'amour avec sa femme dans cette ruelle ?

— J'en doute ! Je pense qu'il avait une maitresse. Les tests d'ADN nous le diront.

— Sa femme devait être totalement effondrée.

— Oui, mais je ne me suis pas étalé sur les circonstances de sa mort. Elle ne connaît pas tous les détails. Je voulais attendre les résultats des tests d'ADN avant de tout lui révéler. Elle a l'air tellement sous le choc.

— Donc, tu écartes tout soupçon à propos de son épouse.

— Non, je n'écarte rien. Tu sais comme moi que tout le monde peut être un potentiel assassin. Je veux juste la préserver si elle n'a rien à voir avec ce drame. Tu comprends.

— Oui, bien sûr ! C'est délicat !

— Crois-tu que les deux meurtres sont liés ?

— Surement, mais on avance dans un flou total.
Deux choses relient les deux meurtres. Le lien de parenté des victimes, et les messages que l'on a retrouvés auprès des corps en lettre rouge sang.
Pour le gamin, il était inscrit sur le mur de sa chambre « Et de 1 ». Pour son père, il était inscrit sur le mur de l'immeuble à côté du corps « Et de 2 ».

— C'est terrifiant ! Surtout si l'on considère le principe qu'il n'y a jamais deux sans trois.

Le regard de l'inspecteur Laplante s'assombrit.

— Anaïs, il faut que je te laisse.

— Mais, que se passe-t-il ?

— Tu viens de soulever un point qui me tracasse.

— Quoi ? Dis-moi, mon chéri !

— On n'a pas encore réussi à joindre Yvan Turdou, le grand-père.

— Tu veux dire que…

— Je ne sais pas. Je vais juste faire un tour chez lui.

— Je viens avec toi ! dit Anaïs, suppliante.

— D'accord ! répondit Laplante qui ne pouvait rien refuser à sa femme. Mais, fais-toi toute petite.

— Promis !

— J'appelle le bureau pour avoir l'adresse exacte.

******

Tout était organisé ! Ce soir était le grand soir ! Je devais partir avec mon « coup de foudre ». Loin, très loin pour ne plus jamais revenir.

Depuis que ma mère ne voulait plus que nous nous voyions, nous étions obligés de ruser. Et nous étions très forts à ce petit jeu.

Cet après-midi là, j'ai fait des courses pour ma mère et mon « coup de foudre » m'attendait à l'autre bout de la rue.

Nous avons fait les commissions pour ma mère, et mon coup de foudre a rempli son panier de provisions pour notre fuite.

Nous étions extrêmement prudents. Il ne fallait pas que quelqu'un nous croise main dans la main. Dans un petit village, tout se sait très vite.

Je me souviens très bien que les rues étaient désertes.

Nous marchions à bonne distance l'un de l'autre.

La canicule incitait les gens à fermer leur volet et il était très tentant de se rapprocher.

Mais la prudence nous l'interdisait.

Nous ne devions pas tout faire capoter. Il ne fallait pas que quelqu'un se doute.

Nous étions si près du but. Nous allions enfin vivre notre amour sans nous cacher.

******

— Il n'y a personne ! dit Anaïs à son mari.

— J'avais remarqué, ma chérie ! dit-il, en souriant.

— Ne veux-tu pas essayer d'entrer ?

— Je n'ai pas le droit sans autorisation.

— Excusez-moi ! dit une voix de vieille femme, derrière eux. Si vous cherchez Yvan, il n'est pas là.

— Savez-vous où il se trouve ? demanda l'inspecteur.

— Pas du tout ! Je sais simplement qu'il est parti hier matin. Je pensais qu'il allait faire des courses comme d'habitude, mais il n'est pas revenu.
Nous ne l'avons pas vu de toute la journée. Il devait venir faire un bridge à la maison et personne n'est venu.

— A-t-il l'habitude de partir ainsi, sans rien dire à personne ?

— Non, c'est la première fois. Il a peut-être une petite amie, dit la vieille femme, guillerette.

— Merci, madame pour votre aide ! dit l'inspecteur, en retournant à sa voiture.

Main dans la main, Anaïs suivait son mari d'un pas pressé.

— J'espère que mon hypothèse n'est pas en train de se confirmer ! dit-il à sa femme, inquiet.

******

Minuit. Ma mère dormait paisiblement. Mon père était absent. Il était parti pour toute la semaine en voyage d'affaires.

Je ne m'étais pas endormi de peur de rater le rendez-vous.

Mon baluchon était bien caché sous mon lit et j'étais en pyjama pour ne pas éveiller les soupçons de ma mère au cas où elle se lève dans la nuit pour aller aux toilettes.

Tout était calme.

L'horloge du salon résonnait de son tic tac régulier.

Un filet de lumière de lune traversait les persiennes des volets de ma chambre.

Je serrais dans mes bras l'ours en peluche qui avait accompagné mes nuits depuis ma naissance.

J'allais bientôt l'abandonner lui aussi. Je ne pouvais pas l'amener avec moi. Je ne voulais pas que mon « coup de foudre » se moque de moi.

Je passais un cap. Je devais tourner une page.

J'allais sauter à pieds joints dans le monde des adultes.

C'était terrifiant, mais mon coup de foudre serait là pour m'accompagner dans ma nouvelle vie.

Il était bientôt minuit. Je devais me préparer.

En me levant, un pincement au cœur me fit hésiter quelques secondes.

Je repensais à ma mère, à son doux visage qui me souriait, à sa gentillesse, à son amour pour moi.

Elle pouvait être rude parfois, mais je savais qu'elle voulait seulement mon bien.

Dans le fond, je ne lui en voulais pas autant que je le pensais.

Si elle ne voulait pas que je voie mon « coup de foudre », c'était uniquement pour me protéger.

Elle me voyait encore comme son tout petit bébé.

Je faillis renoncer, puis le visage de mon « coup de foudre » s'illumina devant mes yeux. Je l'imaginais en train de me sourire et plus rien n'avait d'importance.

Je pris mon baluchon et décidais d'écrire à ma mère une dernière fois.

******

Après avoir déposé sa femme à son domicile, l'inspecteur retourna au commissariat.

— Jeanne, dit l'inspecteur à sa collègue, rassemble toute l'équipe dans mon bureau. Je veux un premier point sur le double meurtre de ce matin.

— Oui, chef. Tout le monde sur le pont, dans moins de deux minutes ! dit-elle, en se mettant au garde à vous.

L'inspecteur Laplante esquissa un sourire. Il comprit le message de Jeanne.

Il avait été un petit peu trop autoritaire à son gout.

Ils avaient tous les deux le même grade et Jeanne n'aimait pas être prise de haut.

— Je crois avoir oublié de dire « s'il te plait », c'est ça ?

— C'est ça, mon commandant ! dit Jeanne, moqueuse.

— « S'il te plait », Jeanne.

— On arrive tout de suite ! répondit Jeanne, satisfaite.

L'efficacité de Jeanne était précieuse à l'inspecteur Laplante. Il formait un duo de choc, même si parfois, leur relation faisait des étincelles.

Assis autour d'une table, Jeanne prit la parole.

— Toute l'équipe a travaillé d'arrache-pied depuis ce matin. Voici les premiers éléments de l'enquête, et les photos des deux meurtres. Ce n'est pas beau à voir.

— Effectivement ! dit l'inspecteur en retenant une grimace de dégout. Je les ai vus tout à l'heure.
Même mode opératoire, par contre, l'assassin a donné la mort de façon différente. L'étranglement et le coup de poignard.

— Est-ce que tout cela à un sens ? L'assassin a soigné sa mise en scène !

— Effectivement, Jeanne. Mais, je ne sais pas encore dans quel but !

— Pour le moment, nous n'avons encore aucun résultat de l'équipe scientifique.

— Avez-vous commencé les interrogatoires ?

— Oui, mais ils n'ont pas donné grand-chose. Les proches sont sous le choc et les réponses sont confuses.

— Je comprends ! Il y a une chose qui me paraît inquiétante. J'ai sonné à la porte de Yvan Turdou, le grand-père et père des deux victimes, et une voisine m'a répondu qu'il n'avait pas donné signe de vie depuis hier.

— C'est étrange, effectivement. Je fais le nécessaire pour envoyer une équipe sur place ! dit Jeanne.

******

Assise à l'arrière de la voiture de Steven, son beau frère, Élisabeth restait silencieuse.

L'état de choc était passé, mais elle s'était enfermée dans un profond mutisme.

La tête posée sur l'épaule de sa sœur Paméla, Élisabeth avait le regard vide.

La journée avait été tellement difficile pour elle.

D'abord la découverte du corps de son fils, Killian, mort étranglé dans son lit, et cette horrible inscription à la peinture rouge sur le mur : « Et de 1 ».

Ensuite, le meurtre de son mari, Jack, que l'on avait retrouvé gisant dans une ruelle, poignardé dans le dos. Élisabeth ne savait pas encore qu'il venait d'avoir des relations sexuelles avant le meurtre. Et toujours cette terrible inscription « Et de 2 ».

Et pour finir, la disparition inquiétante de son beau-père, Yvan, qui n'avait pas donné signe de vie depuis la veille.

Élisabeth avait refusé toute la journée de partir de chez elle. Elle voulait se raccrocher à sa maison, la seule chose qui lui restait de son bonheur perdu.

Mais, quand vint le soir, la douleur était trop vive. Sa mère et sa sœur réussirent à la convaincre d'aller dormir ailleurs.

Élisabeth choisit de passer la nuit chez sa mère.

— Tu dormiras dans la chambre d'ami ! dit Élise à sa fille.

— Mais, cette chambre est occupée par la cousine Sabine ! dit Élisabeth, confuse. Je ne veux pas la déloger.

— Ne t'inquiète pas. Sabine te laissera la chambre d'ami. Elle dormira sur le canapé. Je lui ai téléphoné dans la journée pour la tenir informée des drames qui se passaient ici.
Elle est partie en ville pour la semaine. Elle avait quelques entretiens d'embauches.

— C'est pour cela qu'elle n'était pas là aujourd'hui ! dit Élisabeth avec confusion.

— Oui, c'est pour cela ! Mais, elle reviendra dans la soirée, pour nous apporter son soutien. Elle a annulé en catastrophe le reste de ses rendez-vous.

— Ah c'est gentil ! Mais quel rendez-vous ? demanda Élisabeth, le regard vide, l'air penaud.

— Ses rendez-vous d'entretien d'embauche !

— Ah ! D'accord ! Et où se passent ses rendez-vous ?

— En ville, ma chérie ! Je viens de te le dire, dit Élise inquiète par le comportement confus de sa fille.

Elle lui caressa la joue et lui demanda avec douceur de se reposer.

Élise regarda sa fille, attristée. Elle eut la désagréable impression que les médicaments faisaient perdre la tête à sa fille.

— J'espère que Sabine ne trouvera pas du travail tout de suite ! Je n'ai pas envie qu'elle s'en aille vivre en ville. Je n'ai pas envie de la perdre elle aussi ! dit Élisabeth, des sanglots dans la voix.

— Repose-toi, ma chérie ! Il n'est pas question que Sabine parte pour le moment ! répondit sa mère, rassurante.

Élisabeth avait une tendresse particulière pour sa cousine. Sabine n'était pas une cousine germaine. Elle était la fille d'une cousine éloignée de sa mère. Une branche de la famille qu'elle ne connaissait pas.

Élisabeth avait fait la connaissance de Sabine, depuis un peu plus d'un an.

Les deux femmes s'étaient immédiatement bien entendues. Elles n'avaient pas une grosse différence d'âge.

Sept ans, tout au plus. Sabine était la plus vieille, et les deux cousines avaient énormément de points en commun.

Elles aimaient souvent dire en riant : « On n'est pas cousine pour rien ! »

Paméla aimait beaucoup la cousine Sabine également, mais avec ses problèmes d'alcool, les relations étaient plus compliquées.

Élise avait recueilli pour quelque temps la cousine Sabine pour lui rendre service. Élise vivait seule depuis la mort de son mari, et avait une chambre libre.

La mère de Sabine venait de mourir et la pauvre femme ne savait plus où aller. Elle n'avait plus personne. Pas de famille, pas de mari, pas d'enfant, pas d'emploi.

Le destin avait réuni les deux femmes.

Prendre Sabine sous son aile avait redonné le gout de vivre à Élise. Elle était d'apparence beaucoup plus joyeuse.

Paméla et Élisabeth étaient reconnaissantes envers la cousine Sabine, pour tout le bien qu'elle apportait à leur mère.

La voiture s'arrêta devant la maison d'Élise. Son gendre, Steven se gara en double file pour laisser descendre tout le monde.

Le chemin n'était pas long entre les deux maisons, cinq minutes à pied, tout au plus. Mais Élisabeth était incapable de marcher plus de quelques mètres, alors toute la famille avait préféré lui éviter un tel effort.

— Il y a une place un peu plus loin dans la rue, mais il vaut mieux qu'Élisabeth marche le moins possible !

— Merci, Steven ! Vous êtes adorable ! dit Élise à son gendre, avant de refermer la portière derrière elle.

— C'est normal, dans une telle situation ! dit-il, avec un sourire gêné.

La voiture s'éloigna pour aller se garer correctement.

Élise s'engagea dans son allée et s'arrêta devant sa boite aux lettres.

— As-tu les clefs de la maison, Paméla ?

— Oui, maman.

— Alors, entrez. Je relève le courrier et j'arrive.

Élise farfouilla dans son sac à la recherche de son trousseau de clefs.

— Ah ! Les voilà ! dit-elle, triomphante.

Élise avait un problème d'ordre concernant son sac. Elle le considérait comme un fourre-tout. On pouvait trouver tout et n'importe quoi à l'intérieur de son sac à main.

Respectant les lois de la gravitation, le trousseau de clefs se faufilait toujours au fond du sac.

À chaque fois qu'elle rentrait chez elle, la main d'Élise devait jouer à Indiana Jones pour récupérer ses clefs enfouies au milieu de nulle part.

Élise avait du courrier. Une lettre qu'elle décacheta aussitôt.

Elle fixa l'enveloppe durant quelques secondes et elle lut d'une traite le courrier. Elle sursauta en entendant les pas de Steven derrière elle.

— Que vous arrive-t-il ? demanda Steven surpris.

— Vous m'avez fait peur ! dit Élise.

— Oui, je comprends ! On est tous plus ou moins perturbés aujourd'hui ! dit Steven.

Élise fixait son courrier sans relâchement.

— Regardez ce que je viens de recevoir ! dit Élise, d'une voix inquiète.

Steven lut le courrier rapidement et ouvrit de grands yeux tout ronds.

— Nom de dieu ! Qu'est ce que c'est que ce bordel ?

******

Juste avant de partir, je pris soin de laisser une lettre d'explication à ma mère.

Elle ne comprendrait pas. C'était certain. Pourtant, ma mère était une grande romantique et elle aimait les histoires d'amour éternelles.

Pourquoi ne voulait-elle pas entendre parler de mon histoire d'amour, à moi ?

Finalement, c'est ma mère qui me poussait à m'en aller.

Cette pensée me donna le courage nécessaire pour clore la porte d'entrée, derrière moi, à tout jamais.

La nuit se referma sur moi. Les réverbères éclairaient à peine la chaussée. Un sentiment étrange m'envahit. La liberté me souriait. C'était grisant.

J'avançais à pas rapide vers la forêt. Notre point de rendez-vous était à côté de l'arbre ou nous nous étions embrassés la première fois.

Le bruit sec de mes pas sur le goudron du trottoir céda la place aux crissements des feuilles mortes.

La forêt m'engloutit de ses bras gigantesques, transformant mon euphorie en confusion.

C'était une nuit de pleine lune.

La lumière diffuse faisait ressortir les ombres autour de moi. Je n'avais pas besoin de beaucoup d'imagination pour voir des monstres terrifiants m'entourer.

L'espace d'un instant, j'hésitai.

Le courage me manqua. J'eus envie de faire demi-tour et de me retrouver dans mon lit, si sécurisant.

Mais, mon coup de foudre m'attendait.

Je ne devais pas lui faire faux bond. Notre amour n'y aurait pas survécu. Je ne devais pas flancher.

De toute façon, j'étais si près du but. Il aurait été idiot de ma part de reculer maintenant.

******

La nuit avait été difficile pour l'inspecteur Laplante. Les cauchemars s'étaient succédés, les uns après les autres.

Il ne supportait pas les homicides d'enfants et il sentait que l'enquête allait s'avérer compliquée.

— Ça n'a pas l'air d'aller, mon chéri ! As-tu mal dormi ? dit Anaïs à son mari, en rentrant de son poste d'infirmière de nuit.

— Oui, c'est cette enquête qui me donne du souci. Et toi, est-ce que ça va le boulot ?

— Oui, la routine. Je suis épuisée. Je vais aller me coucher.

— Bien sûr, ma chérie ! Veux-tu avaler quelque chose avant d'aller te coucher ?

— Oui, je prendrais bien un des petits croissants qui se trouve devant toi.

L'inspecteur Laplante était content. Il était allé les acheter de bonne heure ce matin, pour faire une surprise à sa femme lorsqu'elle rentrerait.

Anaïs engloutit avec envie sa viennoiserie.

— Et le grand-père ! L'avez-vous retrouvé ? demanda-t-elle, la bouche pleine.

— Non, toujours pas. Une équipe est allée fouiller chez lui. Ils n'ont rien trouvé qui justifie un départ précipité ou préparé. Il s'est comme volatilisé.

— Crois-tu qu'il soit mort lui aussi, comme son fils et son petit fils ?

— Je ne veux pas trop m'avancer, mais j'en ai bien peur. À moins que ce ne soit lui l'assassin. Tout reste possible.

— Mais pourquoi aurait-il tué son fils et son petit fils ?

— Ça, je n'en sais rien.

— Je discuterais bien avec toi encore un peu mon chéri, mais je suis épuisée. Je vais me coucher ! dit Anaïs, en avalant la dernière bouchée de son croissant.

— Dors bien ! dit l'inspecteur, en embrassant tendrement sa femme.

******

De retour au commissariat, tout le monde était en pleine ébullition.

— Que se passe-t-il ce matin, Jeanne ? Je n'avais jamais vu autant d'activité de si bonne heure.

— On vient de découvrir un troisième cadavre.

— Oh, Merde ! dit Laplante, en se caressant sa longue barbe. C'est Yvan Turdou, c'est cela ?

— Dans le mille ! dit Jeanne. Et, il est dans un sale état. Regarde.

Jeanne lui tendit une photo de la scène de crime. L'homme était attaché sur une chaise, les bras dans le dos. Son visage était tuméfié. Son corps était ensanglanté.

Ses yeux encore ouverts traduisaient la terreur et la douleur qu'il avait subie.

— Nom de dieu ! dit l'inspecteur. Quelle sauvagerie ! Où l'a-t-on retrouvé ?

— Dans l'usine désaffectée, aux abords du village. C'est le même assassin. Regarde le mur derrière lui.

L'inspecteur plissa les yeux.

— Ah oui, on dirait une inscription en rouge. On ne voit pas bien sur la photo, mais laisse-moi, devinez ! C'est écrit « Et de 3 ».

— Tout à fait ! Et à présent, regarde sur ces genoux.

— Qu'est ce que c'est ? On dirait des photos.

— Oui, ce sont deux photos. La première est la photo de son petit fils, Killian Turdou, mort étranglé dans son lit. La deuxième est la photo de son fils, Jack Turdou, mort poignardé sur le trottoir.

— Quel est le cinglé qui a bien pu faire un truc pareil ?

— Je ne sais pas, mais en tout cas, il devait vraiment en vouloir à la famille Turdou.

— Certainement.

— Attends, ce n'est pas tout !

— Le légiste a trouvé une lettre anonyme dans la poche intérieure du blouson de Jack Turdou. Elle était pleine de sang, mais on pouvait encore lire en lettre rouge : Tu ne mérites pas de vivre ! Le cachet de la poste datait de trois jours.

— Un corbeau ?

— Oui, un corbeau qui aime le rouge. La grand-mère du pauvre Killian, Élise Novant, nous a téléphoné hier au soir, totalement affolée. Elle a reçu également un courrier anonyme en lettre rouge. Il était écrit : ta fille est maintenant débarrassée de ces enfoirés.

L'inspecteur se caressa la barbe tout en réfléchissant.

— S'il te plait, Jeanne ! dit-il, avec un peu de dérision dans la voix en insistant sur le mot « s'il te plait », convoque tout le monde dans mon bureau immédiatement. On a du pain sur la planche.

*****

Paméla Jassin se réveilla en sueur. Elle avait mal dormi sur le vieux fauteuil de sa mère.

Quelque part, au fond d'elle, le malheur de sa sœur la réconfortait. Pour la première fois depuis des années, elle ne ressentait plus l'injustice face à son destin.

C'était tellement dégueulasse la vie parfois. Sa sœur Élisabeth nageait dans le bonheur alors qu'elle ne le méritait pas. Sa sœur avait tué ! Sa sœur était un assassin. L'assassin du mari de sa meilleure amie.

Pourquoi la vie avait-elle fait autant de cadeaux à Élisabeth et avait été aussi cruelle avec Paméla ?

Cette jalousie qui rongeait profondément Paméla venait de s'envoler, et cela faisait tellement du bien.

Miraculeusement, elle n'avait plus besoin de se réfugier dans l'alcool pour oublier. Elle était en manque, bien sûr !

Elle était devenue alcoolique. Mais la situation lui permettait de rester sobre sans gros effort.

C'est un peu comme si Paméla se délectait des drames qui éprouvaient Élisabeth.

Bien entendu, elle feignait la tristesse et des larmes de crocodile coulaient régulièrement le long de ses joues. Paméla avait toujours été une très bonne comédienne.

Mais, un profond soulagement régnait en elle. Comme si, les pendules avaient été remises à l'heure.

La justice avait fait son œuvre. Paméla sentait à présent qu'elle allait pouvoir aller de l'avant.

Paméla s'étira et entendit la voix de sa cousine Sabine lui souhaiter le bonjour.

À cause des drames, Sabine était rentrée précipitamment de la ville où elle passait plusieurs entretiens d'embauche.

Elle était revenue hier soir, et avait l'air terriblement affectée par le malheur qui frappait sa famille.

Sabine avait laissé, à Élisabeth, la chambre d'ami qu'elle occupait depuis presque un an.

Elle avait rejoint Paméla dans le salon, pour dormir sur l'un des deux canapés, peu confortable.

— As-tu bien dormi ? demanda Sabine à Paméla.

— Je n'ai pas beaucoup fermé l'œil !

— Normal ! Dans une telle situation ! Je n'arrive, encore, pas à y croire.

— Moi, non plus ! C'est tellement irréel ! Horrible !

Paméla chercha Steven, son mari, du regard. Il était accoudé sur la table de la salle à manger. La tête entre ses bras, il dormait.

La lettre du corbeau qu'Élise avait reçu hier soir, avait effrayé tout le monde et d'un commun accord, ils avaient décidé de rester ensemble pour se protéger les uns les autres contre cette terrible menace.

Ils n'avaient pas parlé de ce courrier anonyme à Élisabeth. Elle avait déjà subi tellement de choses. Seule la police avait été mise au courant.

La voix de sa femme réveilla Steven Jassin. Des crampes et des douleurs vives lui arrachèrent une grimace.

— Bonjour, mon chéri ! dit Paméla, en se levant pour l'embrasser.

— Bonjour, mon cœur ! dit Steven, courbaturé.

Il se tourna vers la cousine Sabine et lui adressa un sourire hypocrite. Il n'avait jamais aimé cette femme.

Sabine lui rappelait Élise, sa belle mère. En plus jeune, bien sûr. Mais les deux femmes avaient une ressemblance physique indéniable et le même caractère.

Elles étaient cousines éloignées, mais avaient incontestablement hérité des mêmes gènes. Et Steven n'aimait pas beaucoup sa belle mère.

Élise Novant n'avait pas épaulé sa fille, Paméla, lors de sa descente aux enfers, préférant porter toute son attention sur Élisabeth, avec son bonheur qui éclaboussait au visage de tous.

Il trouvait également que sa belle mère était une femme perfide et calculatrice.

Tout ce qu'elle faisait n'était jamais gratuit. Elle devait toujours en tirer un intérêt.

Il était persuadé qu'elle hébergeait la cousine Sabine parce qu'elle lui soutirait un loyer confortable et qu'elle profitait de sa détresse puisqu'elle se retrouvait seule après avoir perdu ses parents.

— Je vais prendre un café ! dit Steven, en se levant.

Soudain, le cœur de Paméla se mit à battre rapidement. Elle venait d'apercevoir quelque chose d'inconcevable.

Ma lampe de poche à la main, j'avançais le long du chemin qui m'amenait vers ma nouvelle vie.

Les feuilles et les branchages craquaient sous mes pieds. Un bruit dans les fourrés me fit tressaillir.

Je stoppai ma progression pour chercher quelle terrible bestiole allait m'attaquer.

Les mains tremblantes, je dirigeai mon faisceau de lumière tout autour de moi. Je ne vis rien. Rien que des arbres, des feuilles et des branches.

Je poussai un long soupir de soulagement et je me remis à marcher.

Parfois, tristement, je pensais à ma mère et à la peine qu'elle ressentirait en lisant ma lettre d'adieu, demain matin.

Les arbres autour de moi tendaient leurs longs branchages comme pour m'accueillir dans leurs ténèbres.

Le vent dans le feuillage sifflait comme pour me souhaiter une « bienvenue » malveillante.

Un hibou hulula au loin. Il semblait m'avertir d'un danger imminent.

Mon cœur battait très fort. Je luttais chaque seconde pour ne pas me laisser envahir par la peur.

Pour me donner du courage, j'imaginais déjà les instants précieux que j'allais vivre avec l'amour de ma vie.

Nous ne serions plus jamais séparés.

Ensemble, et pour toujours !

Chacun de mes pas nous rapprochait un peu plus l'un de l'autre. J'avançais tout droit vers le bonheur.

Comme prévu, mon coup de foudre m'attendait, le dos appuyé contre l'arbre où nous nous étions embrassés pour la première fois. Un sourire illuminait son beau visage.

*****

— Les jours qui viennent vont être décisifs ! dit Laplante, en concluant ses instructions, devant ses collègues, Jeanne, Jean-Marc et Gladys. Au boulot, tout le monde.

Jeanne le regardait avec beaucoup d'admiration. Elle trouvait que l'inspecteur avait une prestance naturelle.

— Et n'oubliez pas que chaque détail compte. Je veux un rapport sur chacun des membres de la famille sur mon bureau à mon retour, en fin de matinée. N'oubliez pas de fouiller dans leur passé. Il faut que l'on retrouve ce corbeau rouge, dit Laplante.

— Il est évident que le corbeau rouge et l'assassin sont une seule et même personne ! rajouta Jeanne.

— Cela m'en a tout l'air ! dit Jean-Marc.

— OK, on se met au travail tout de suite ! dit Gladys.

Sur un tableau en liège, derrière l'inspecteur, étaient épinglées les photos des proches des trois victimes. Les photos des meurtres de Killian, Jack et Yvan Turdou étaient placées juste à côté.

— Chef ! Si je peux me permettre, il manque quelqu'un sur votre tableau !

— Mais bien sûr, Jean-Marc ! Je t'écoute.

— Et bien, vous avez noté :

Élise Novant, la grand-mère et belle-mère des victimes
Elisabeth Turdou, la mère, l'épouse et la belle-fille des victimes,
Paméla Jassin, la sœur d'Élisabeth,
Steven Jassin, le mari de Paméla,
Suzie Flenat, amie d'Élisabeth.

Mais, je ne vois pas Sabine Blant. Pourtant, cette femme est mentionnée dans le rapport. C'est une cousine, je crois.

— C'est exact ! Je l'ai oublié ! dit l'inspecteur. Elle n'était pas là hier, et j'ai appris son existence, il y a peu de temps. Je te remercie pour ton aide, Jean Marc. Je la rajoute immédiatement.

— Elle a un alibi ! rajoute Gladys. Elle était en ville pour toute la semaine. Est-ce que l'on doit se pencher sur son cas ?

— Bien entendu ! dit l'inspecteur. Nous ne devons écarter personne.

Jeanne, Gladys et Jean-Marc se levèrent pour quitter le bureau de l'inspecteur.

— Jeanne, attends ! dit l'inspecteur. Tu vas m'accompagner chez Yvan Turdou. Je veux retourner fouiller chez lui, pour tenter de trouver des indices.

******

Steven Jassin embrassa Paméla tendrement avant de se diriger vers la cuisine pour aller prendre son petit déjeuner.

— Tu viens avec moi, ma chérie ?

— Non, pas tout de suite ! Je vais ranger un peu le salon. Je te rejoins dans deux minutes ! dit Paméla, le cœur battant.

Elle tenta de rester naturelle, mais elle venait de voir quelque chose qui la tracassait et il fallait qu'elle en ait le cœur net.

— Moi, je viens avec toi ! dit Sabine.

Steven refréna un soupir et accompagna Sabine à la cuisine.

Le cœur de Paméla faisait des bonds. Elle s'approcha de la table sur laquelle avait dormi son mari. Elle attrapa le portefeuille qu'il avait laissé trainer et l'ouvrit en tremblant.

Son cœur se mit à battre de plus belle puis elle eut l'impression qu'il se brisa. Cette photo ! Elle n'en croyait pas ses yeux.

Pas lui ! Pas son Steven. Il n'avait pas pu être capable de cela.

Elle réfléchit à toute vitesse. Tremblante, perdue, déconcertée.

Elle referma le portefeuille et le posa où elle l'avait trouvé.

Elle venait de décider de fermer les yeux.

Après tout, c'était de sa faute à elle, si Steven en était arrivé là.

******

Les recherches chez Yvan Turdou ne donnaient rien.
L'inspecteur Laplante mettait pourtant beaucoup d'espoir
à trouver quelque chose ici. Il le croyait. Il le sentait.

Il espérait trouver un secret chez ce vieil homme qui le
mettrait sur la voie. Tout le monde a ses petits secrets,
plus ou moins honteux, plus ou moins graves.

Mais rien.

À l'évidence, ce vieil homme était l'exception qui confirme
la règle.

Une vie plate et morose, dans une maison bien rangée, où
les souvenirs de sa femme décédée étaient exposés
comme dans un musée.

Les photos de son fils et de son petit fils ornaient
également le salon. Sur la cheminée, une photo devait
faire toute sa fierté.

Yvan Turdou posait avec Jack et Killian. Ce cliché devait dater de quelques mois, seulement. Ils avaient tous les trois un sourire épanoui et heureux. S'ils avaient su quelle fin les attendait !

L'inspecteur Laplante eut un frisson d'effroi. Avant de reposer le cadre, il remarqua la ressemblance frappante entre le grand-père et le petit fils. Le même visage, la même stature. C'était impressionnant.

L'inspecteur Laplante ne put s'empêcher de penser à ses fils. Ils avaient hérité du charme, et des yeux de leur mère, du nez et de la bouche de leur père. Ils étaient le résultat d'un fin mélange entre eux deux. Et il en était si fier.

Jeanne entra dans le salon et fit sursauter l'inspecteur en plein songe :

— Cela fait une heure que l'on fouille partout et je n'ai pas pris mon petit déjeuner ! dit Jeanne. Je commence à avoir la dalle.

— Je comprends ! dit l'inspecteur. Je t'emmène boire un café avec un petit croissant. Il y a un bar pas loin. J'ai besoin de faire une pause, moi aussi.

En ouvrant la porte, Jeanne échappa les clefs qui s'écrasèrent sur le plancher.

— Que je suis maladroite ! dit-elle, en se baissant pour ramasser le trousseau.

— Attends ! Ne touche à rien ! dit l'inspecteur.

Jeanne se releva, interloquée.

Laplante se pencha vers les clefs et tapota sur la latte. Un bruit creux retentit.

L'inspecteur glissa la pointe d'une clef entre deux planches et en souleva une.

— Merde ! dit Jeanne en regardant ce qu'ils venaient de découvrir. Qu'est-ce qu'un vieux monsieur comme lui faisait avec tout ça !

******

La noirceur épaisse qui nous entourait ne m'impressionnait plus. Nous étions ensemble et je me sentais capable de vaincre une armée entière.

Nous étions enlacés l'un à l'autre, à côté de l'arbre qui a vu naitre notre amour.

Nos bouches enflammées dansaient la sarabande. J'aimais l'embrasser. J'aimais le gout sucré de ses lèvres. J'aimais l'odeur divine de sa peau.

— Quelqu'un doit venir nous rejoindre ! me dit mon « coup de foudre ».

La surprise et la jalousie me gagnèrent rapidement. Très vite, des pensées désagréables vinrent se bousculer dans mon esprit.

J'ai très vite cru que mon « coup de foudre » fréquentait quelqu'un d'autre et qu'il voulait que nous fassions couple à trois. Il en était hors de question.

Ensuite, j'ai pensé que mon « coup de foudre » voulait m'annoncer qu'il ne voulait plus partir avec moi, mais avec cette autre personne.

— Quoi ? Qui est-ce ? Tu veux me quitter, c'est cela ! C'est à cause de notre différence d'âge ! Tu as peur du détournement de mineur !

— Calme-toi ! me rassura mon amour, en riant. Ce n'est pas cela ! Tu vaux tout l'or du monde à mes yeux.

— Alors, qui attendons-nous ?

— Un ami. Il a une voiture et je lui ai demandé de nous déposer à la gare. Cela nous évitera de marcher pendant 3 heures.

— Quelle bonne idée !

— Tu vois ! Il ne fallait pas te mettre dans des états pareils !

— C'est que je t'aime tellement ! J'ai tellement peur de te perdre !

— Ne t'inquiète pas. J'ai trop besoin de toi. Il est hors de question de te perdre maintenant que tu es là !

Ses bras rassurants m'enlacèrent tendrement.

— Ton ami va venir nous rejoindre ici ?

— Oui, il a une voiture tout terrain. Il n'a qu'à suivre le chemin de terre. Il trouvera facilement. Ensuite, étant donné que nous n'aurons pas à marcher durant trois *heures pour atteindre la gare, nous dormirons un peu dans la voiture avant de partir en fin de nuit.*

— D'accord ! C'est parfait ! dis-je.

Le bonheur était déjà au rendez-vous. Je ne m'étais jamais senti aussi bien de toute ma courte vie.

— Tiens, le voilà ! me dit mon « coup de foudre », en apercevant la lumière des phares au loin.

******

Elisabeth Turdou venait de se réveiller. Elle entendait des voix familières dans la cuisine, mais elle n'avait pas envie d'aller les rejoindre.

Tout lui paraissait si difficile. La vie ne valait plus rien à présent qu'elle avait tout perdu.

Deux questions l'obsédaient :

Qui ?

Pourquoi ?

Elle sentait une sorte de colère naitre en elle. Une colère qui l'aida à se lever. Elle voulait comprendre. Elle voulait savoir. Elle voulait se venger.

Elle était prête à tout pour apaiser cette douleur au creux de son ventre, ce trou béant dans son cœur, cette amertume dans sa bouche.

Elle se leva et regarda par la fenêtre. Au loin, un passant marchait rapidement. Le vent soufflait dans les branches des arbres qui ornaient la rue.

Le voisin d'en face sortait de chez lui pour aller faire son jogging quotidien. Un cycliste passa au même moment sur le trottoir et fit un écart pour éviter le joggeur.

Prise d'un léger étourdissement, Élisabeth retourna s'étendre. Les médicaments la mettaient dans un état de second, mais elle n'avait pas le choix. Elle en avait besoin pour supporter la douleur qui la terrassait chaque seconde.

Allongée sur son lit, elle se mit à assembler les pièces du terrible puzzle qui avait anéanti sa vie.

Soudain, elle sut. Elle comprit qui était le coupable. C'était évident. Pourquoi n'y avait-elle pas pensé tout de suite ?

Elle prit un autre cachet pour oublier.

****

L'image de la photo que Paméla Jassin venait de trouver dans le portefeuille de Steven hantait son esprit.

Elle n'aurait jamais cru que Steven puisse faire une chose pareille, et elle s'en voulait.

C'était de sa faute.

Si elle n'avait pas sombré dans l'alcool, il y a quelques années. Si elle était restée la Paméla que Steven avait aimée dès leur première rencontre. Si elle avait su faire face à ses démons, Steven n'en serait pas arrivé là.

Mais, elle ne pouvait pas refaire l'histoire.

Il fallait donc qu'elle oublie, car connaître la vérité était trop insupportable. Et, Paméla ne connaissait qu'un moyen pour oublier.

Elle entra dans la cuisine où se trouvaient son mari et sa mère, attablés.

— Bonjour, Maman ! As-tu pu dormir un peu ?

— Difficilement ! La nuit a été pleine de cauchemars.

— Je comprends ! Moi aussi, j'ai très mal dormi. Élisabeth est-elle réveillée ?

— Non, pas encore. J'ai frappé à la porte de sa chambre et elle n'a pas répondu.

— Il vaut mieux la laisser dormir ! Au moins, quand elle dort, elle ne pense pas.

Sans un regard pour son mari, Paméla s'assied à table avec eux.

— Où est Sabine ? demanda Paméla.

— Elle est partie à la boulangerie. Elle tenait à nous acheter des viennoiseries pour le petit déjeuner, répondit Élise.

— C'est gentil de sa part ! dit Steven.

— Oui, Sabine est une brave fille. Elle ne sait pas quoi faire pour tenter de nous réconforter.

— Le réconfort est un luxe qu'on ne peut pas s'offrir pour le moment ! dit Paméla, en regardant son mari, froidement.

Les yeux d'Élise se remplirent de larmes.

— Oui, ma chérie ! Plus rien ne sera jamais comme avant.

Élise Novant essuya ses joues humides avec le revers de sa main et se leva.

— Excusez-moi ! Je vais prendre une douche ! dit-elle, avec pudeur, pour cacher ses larmes.

La porte de la cuisine se referma derrière elle.

— Non, plus rien ne sera jamais comme avant ! répéta Paméla, les yeux dans le vague.

Elle se leva pour se diriger vers le placard à alcool.

Sa mère planquait toujours une bonne bouteille de whisky à cet endroit.

— Que fais-tu ? demanda Steven.

— Je me sers un verre !

— Paméla, il est neuf heures du matin. Tu ne vas pas boire maintenant.

— Et, pourquoi pas ?

— Parce qu'il faut que tu te ressaisisses ! Tu as réussi à rester sobre, hier, toute la journée. Tu peux encore le faire !

— Hier, j'étais sous le choc ! Je devais être forte, pour ma sœur, pour ma mère. Je ne voulais pas leur rajouter des problèmes en buvant.

— Fais la même chose aujourd'hui ! dit Steven, plein d'espoir.

— Aujourd'hui, tout a changé ! Je dois oublier !

— Je sais que la situation est difficile, mais tu ne pourras pas oublier ce triple meurtre. Et ce n'est pas l'alcool qui va t'aider à surmonter la situation.

— Je ne parle pas d'oublier les meurtres ! dit Paméla, avec nervosité.

— Que veux-tu noyer dans l'alcool, dans ce cas ? demanda Steven avec gentillesse et patience.

— Je veux oublier ce que tu as fait !

Steven regarda sa femme, perplexe.

— Ne fais pas l'innocent ! répondit Paméla. J'ai trouvé la photo dans ton portefeuille.

Steven blêmit.

— Je suis vraiment…

— Tais-toi ! ordonna Paméla, en se servant un verre. Je ne
veux plus jamais en entendre parler.

— Très bien ! dit Steven.

Ses mains tremblaient.

À ce moment précis, il sut lui aussi que plus rien ne serait
jamais comme avant.

*****

C'était le moment.

Suzie devait mourir. Il n'y avait aucun autre choix. Aucune autre alternative. Il le fallait. Elle ne méritait plus de vivre.

La sonnette retentit. Suzie ouvrit presque aussitôt.

— Que fais-tu ici ? demanda Suzie, avec surprise.

— Je peux entrer ? dit une voix monocorde paraissant sortir d'outre-tombe.

— Mais, bien sûr ! Entre ! Mais, que t'arrive-t-il ? Tu me fais peur !

Suzie remarqua que les yeux qui la regardaient étaient injectés de sang et reflétaient la haine.

— Ton visage est blanc comme un linge ! dit Suzie, un peu affolée.

Elle referma la porte d'entrée derrière elle.

Ce fut la dernière chose qu'elle fit de toute sa vie.

Suzie n'eut pas le temps de réagir. Lorsqu'elle se rendit compte que des mains assassines entouraient son cou pour l'étrangler sauvagement, il était déjà trop tard.

Elle lutta de toutes ses forces, résista, griffa, mais la bataille était perdue d'avance. Le dernier souffle de vie disparu de son corps lentement.

Suzie sombra dans ce gouffre immense et inquiétant qu'on appelle la mort.

Les yeux injectés de sang regardèrent une dernière fois, le corps de Suzie gisant au sol. Les mains assassines se mirent à trembler. Le visage blanc devint livide. Puis, ce fut le trou noir.

******

L'été était terminé depuis longtemps et déjà les premières
bruines de l'automne virevoltaient devant la fenêtre de
ma chambre.

L'eau ruisselait en gouttelettes fines sur les vitres.

Mélancolique, je regardais le châtaignier en face de moi.

Ses feuilles jaune orangé contrastaient avec la grisaille du
temps.

Une odeur de café et de pain grillé se répandait dans la
maison.

Une larme coula le long de ma joue.

Ma valise était prête. Je devais partir. Mes parents me l'avaient ordonné.

Ils disaient que c'était ma punition pour leur avoir désobéi, ma punition pour avoir fugué et que mon départ était uniquement pour mon bien.

— Tu reviendras quand toute cette histoire sera oubliée ! m'ont-ils dit. Tu seras bien là-bas ! Tu verras.

Je me sentais si triste.

J'avais envie de hurler de douleur. Mes parents n'avaient décidément rien compris à mes désirs et à mes souffrances.

Mais, je n'avais plus le choix. Je ne pouvais plus reculer. Je devais m'en aller.

******

Paméla sirotait son verre de whisky sur le canapé, lorsque sa mère entra dans le salon.

— Cette douche m'a fait beaucoup de bien ! Elle m'a aidé à me vider la tête. Tu devrais en faire autant, au lieu de boire comme un trou, dit Élise à sa fille.

— Tu ne vas pas commencer, toi aussi ! répondit sèchement Paméla. Je viens de me disputer avec Steven à cause de ça !

— Steven ne veut que ton bonheur ! dit Élise.

Paméla ne put retenir ses larmes. Élise s'approcha de sa fille pour la consoler et la serrer dans ses bras.

Mais l'étreinte fut de courte durée.

Un hurlement de panique provenant de la rue arracha Paméla aux bras réconfortants de sa mère.

— Oh, mon Dieu ! hurla Élise, en regardant par la fenêtre.

— Que se passe-t-il ? demanda Paméla anxieuse.

— C'est Sabrina qui hurle ! Elle a le bras plein de sang ! Et quelqu'un fuit en courant !

Paméla releva la tête. Avec horreur, les yeux encore embués, elle se dirigea vers la porte d'entrée.

— Vite ! Allons l'aider ! dit Paméla.

En ouvrant la porte, elle trouva Sabine, devant l'entrée, le bras en sang, complètement sous le choc.

— Rentre vite ! dit Paméla totalement affolée.

— Assieds-toi, ici ! dit Élise.

— Que se passe-t-il, ici ? demanda Steven, attiré par les hurlements.

— Sabine est blessée ! lui dit Paméla.

Sa cousine respirait difficilement.

Paméla apporta le nécessaire pour la soigner.

— Tiens ! Bois ce verre d'eau ! dit Steven. Il faut que tu arrives à te calmer. Tu es en sécurité à présent.

Sabine but lentement.

— Je me suis fait attaquer ! dit-elle, en reprenant son souffle.

— Attaquée ! Mais par qui ? Tu l'as reconnu ? demanda Steven, paniqué.

— Non. Je ne sais pas qui c'est. Je revenais de la boulangerie lorsque j'ai senti une présence derrière moi. Je me suis retournée et je n'ai vu personne.
La rue était en apparence déserte.
Je me suis dit que je me faisais des idées.
En arrivant devant la maison, j'ai entendu des pas courir vers moi. Mon agresseur venait de sortir de sa cachette. Il portait un passe-montagne, mais je crois que c'était un homme.
Sans hésiter, il a foncé sur moi avec un couteau. Me souvenant de mes quelques cours de self défense, j'ai réussi à parer son attaque, mais il m'a blessé au bras, avant que son couteau ne voltige dans les airs.
Je me suis mise à hurler et il a pris la fuite, abandonnant son couteau tombé au sol. Le voici, dit-elle, en tendant la lame vers nous.

— Pose-le sur la table ! dit Steven. Il faudra le donner aux flics lorsque tu porteras plainte.

— J'ai vu ton agresseur par la fenêtre, moi aussi, l'espace de quelques secondes. Il prenait la fuite. Je l'ai vu de dos. Il avait une carrure d'homme ! dit Élise.

— L'avez-vous reconnu ? demanda Steven.

— Non, malheureusement ! Je n'ai pas eu le temps de repérer les détails. J'ai seulement aperçu une silhouette, répondit Élise.

— Crois-tu que cet individu voulait me tuer ? demanda Sabine à Steven.

— J'en ai bien peur ! dit-il. Je ne veux pas faire de conclusion trop rapide, mais j'ai la mauvaise impression que ce corbeau a décidé de tuer tous les membres de la famille.

Paméla resta pétrifiée de terreur.

— J'appelle immédiatement la police ! dit Élise.

******

Les yeux rougis par les larmes, le regard dans le vague, les idées embrouillées, l'assassin de Suzie était recroquevillé près du corps de sa victime.

C'était un vrai cauchemar.

Tout était confus jusqu'à sa propre identité, plus rien n'avait vraiment de sens.

Soudain, un coup de sonnette retentit. La violente réalité ressurgit de plein fouet. Les mains assassines tremblèrent à nouveau.

C'était le facteur.

— J'ai un colis pour toi, Suzie ! dit-il, à travers la porte.

Les yeux injectés de sang fixèrent la porte avec terreur.

Qu'est ce que je fais là ? Pourquoi mes yeux me font-ils si mal ? Pourquoi mes mains sont-elles griffées ?

Au bout de quelques secondes, le facteur perdit patience et s'en alla.

Les yeux injectés de sang se posèrent sur le corps sans vie de Suzie.

Cette vision d'horreur était insupportable.

Il fallait fuir du lieu du crime.

La panique l'envahissait. Puis, le calme intérieur se fit à nouveau sentir.

L'expression des yeux de Suzie reflétait le désespoir, la peur et la panique qu'elle avait dû ressentir avant de mourir.

Tout ceci lui faisait du bien. Un sourire satisfait se dessina sur son visage blafard. Son côté sombre venait de reprendre le dessus.

******

La matinée avait été pleine de surprises pour l'inspecteur Laplante et sa collègue Jeanne. La perquisition qu'ils avaient menée au domicile d'Yvan Turdou leur avait laissé comme un gout amer.

Dans son bureau, en compagnie de Jeanne, l'inspecteur caressait sa longue barbe, tout en relisant les premiers rapports de l'enquête.

Sur l'ordinateur de Laplante, Jeanne rédigeait le compte-rendu concernant leur découverte chez Yvan Turdou, en marmonnant à haute voix ce qu'elle écrivait :

… Nous avons trouvé sous la troisième latte, du plancher du couloir, en partant de la droite, juste en face de la porte d'entrée, la liste des éléments suivants :

— Un paquet de drogue, vraisemblablement de l'héroïne. Le poids reste à déterminer. La substance illicite était emballée dans plusieurs couches de plastique et enfouie au fond d'un sac en tissu recouvert d'une couche de poussière importante. Le tout est au laboratoire pour analyse. L'objet avait l'air de reposer sous le plancher depuis de nombreuses années sans que personne n'y ait touché.

— À côté du paquet de drogue était posée une sacoche en cuir recouverte également de poussière. À l'intérieur se trouvaient de faux papiers (fausse carte d'identité, et faux passeport) datant des années 1960. La photo d'identité représentant vraisemblablement Yvan Turdou à l'âge de 20 ans était collée sur chacun de ses faux documents. La sacoche contenait également un revolver, mais aucune balle. Ces objets sont également au laboratoire pour analyse.

— Une lettre anonyme provenant probablement de la personne que l'on nommera le « corbeau rouge » était posée à côté de tout le reste. La date du cachet de la poste remontait à quatre jours. Avec précaution, nous avons ouvert le courrier où il était écrit :

Je sais qui tu es, je sais ce que tu as fait.

Nous avons remis ce courrier au laboratoire pour analyse.

Jeanne releva la tête et regarda l'inspecteur Laplante qui était plongé dans ces dossiers.

— J'ai horreur de ce travail de paperasse ! dit-elle.

— Je sais, Jeanne. Mais une bonne investigation, passe aussi par de bons rapports !

Jeanne soupira.

On frappa à la porte.

— Entrez ! dit Laplante.

— Je viens déposer d'autres résultats d'analyses sur ton bureau ! dit Jean-Marc à Laplante. Je ne savais pas que vous étiez rentrés. La perquisition a-t-elle donné quelque chose ?

— Plus qu'on ne l'aurait espéré ! dit Laplante. Jeanne t'expliquera. Et ces analyses, que donne-t-elle ?

— Pour l'instant, rien de bien concluant ! Mais, il va falloir attendre encore un peu pour des résultats plus approfondis. Par contre, j'ai du nouveau en ce qui concerne la famille Turdou. Elise Turdou a téléphoné tout à l'heure pour signaler l'agression de sa cousine, Sabine Blant. Elle a été légèrement blessée au bras. Rien qui ne nécessite une hospitalisation. Je leur ai conseillé de ne plus sortir.

— Que s'est-il passé ?

— Sabine Blant a été agressée dans la rue par un homme cagoulé, armé d'un couteau. Elle a réussi à se défendre et l'agresseur a pris la fuite en lâchant le couteau. Elise Turdou le tient à ta disposition comme pièce à conviction.

— Parfait ! Je vais passer chez Élise Turdou, récupérer le couteau et prendre la déposition de Sabine Blant.

L'inspecteur se leva lorsqu'un coup de téléphone retentit. Il répondit en enfilant son blouson.

— Inspecteur Laplante, j'écoute !... Comment ? Suzie Flenat ! Vous êtes sur !... D'accord ! Merci de m'avoir prévenu.

L'inspecteur Laplante raccrocha.

— Suzie Flenat est morte, assassinée. C'est une voisine qui a donnée l'alerte. Elles avaient rendez-vous et ne la voyant pas arriver, elle est allée voir chez Suzie si tout allait bien. Elle l'a trouvée morte dans son couloir. Étranglée.

— En 15 ans de carrière, je n'avais jamais vu cela ! dit Jeanne.

— Je me rends sur place, puis j'irai annoncer la nouvelle à la famille Turdou, dit l'inspecteur. Jeanne, veux-tu venir ?

— J'arrive.

******

Devant la porte de la maison d'Élise Novant, l'inspecteur Laplante rassembla tout son courage. Il venait de quitter la scène du crime de Suzie Flenat et avait laissé Jeanne sur place pour l'enquête.

Le moment allait encore être difficile.

La famille Turdou avait déjà été suffisamment éprouvée hier par le triple meurtre.

L'inspecteur avait à présent la lourde tache, d'annoncer l'assassinat de Suzie, la meilleure amie d'Elisabeth Turdou. Il avait beau tenter d'être détaché de ces évènements, il éprouvait de la pitié pour cette femme.

Laplante sonna. Élise Novant ouvrit et le léger sourire sur son visage s'estompa en le voyant.

— Venez-vous pour l'agression de Sabine ? demanda-t-elle.

— Je suis venu prendre la déposition de votre cousine, mais j'ai également une grave nouvelle à vous annoncer !

dit l'inspecteur, sans détour. Et votre fille Élisabeth est concernée.

— Que se passe-t-il encore ? demanda Élise, inquiète.

— Pouvez-vous aller chercher votre fille ?

— Oui, bien sûr. Elle n'a pas bougé de sa chambre de toute la journée. Je vais la chercher. Entrez et installez-vous.

Élise Novant s'éloigna rapidement laissant seul l'inspecteur dans le couloir.

— Entrez, inspecteur ! dit une voix dans le salon.

L'inspecteur Laplante s'approcha.

Paméla, un verre d'alcool à la main, était assise sur le canapé. Elle regardait les images de la télévision, mais avait coupé le son.

Attirés par la sonnette de l'entrée et l'agitation dans la maison, Steven et Sabine entrèrent dans le salon.

— Bonjour ! dit l'inspecteur. J'ai une grave nouvelle à vous annoncer. Prenez place ! dit-il, en les invitant à s'asseoir.

Steven et Sabine prirent place sur le canapé à côté de Paméla.

Un silence pesant régnait dans la pièce. Plus personne n'osait bouger, plus personne n'osait respirer.

L'inquiétude était palpable.

Élise Novant et Elisabeth Turdou arrivèrent enfin.

L'inspecteur Laplante eut du mal à reconnaître la femme qu'il avait croisée hier. Les traits d'Élisabeth étaient tirés, ses yeux étaient cernés. Ses cheveux étaient en bataille, son regard vitreux et ses vêtements beaucoup trop grands. Elle ressemblait à un personnage de film de zombie que Laplante appréciait tant.

Anaïs, sa femme, ne comprenait pas la passion de son mari pour ce genre de film. Elle avait les zombies en horreur. Ces êtres imaginaires l'angoissaient, la terrifiaient et la dégoutaient.

Laplante avait besoin de ça, pour supporter l'horreur de son métier. C'était une sorte d'échappatoire pour ne pas craquer devant la folie bien réelle de ce monde. Et l'attitude réfractaire de sa femme face à ses films le faisait beaucoup rire. Il adorait la taquiner à ce sujet, car elle se réfugiait irrémédiablement dans ses bras pour se rassurer.

Pensé à son bonheur avec Anaïs, lui donna du courage. Il se sentait prêt à jouer l'oiseau de mauvais augure.

— Asseyez-vous, mesdames ! J'ai une mauvaise nouvelle à vous annoncer.

La mère et la fille s'assirent sur le deuxième canapé.

L'inspecteur Laplante prit une grande inspiration.

— Votre amie, Suzie Blant, a été retrouvée morte, tout à l'heure, dans son appartement. Selon les premiers éléments de l'enquête, elle aurait été étranglée.

Un fracas de verre brisé résonna dans la pièce. Paméla venait de lâcher son verre de whisky.

Un long silence d'incompréhension suivit.

L'inspecteur laissa tout le monde digérer la nouvelle, sans un bruit.

Élisabeth resta dans un parfait mutisme. Comme la veille, sa mère l'entourait de tout son amour.

Paméla et Steven ne bougeaient pas non plus. Incrédule.

Sabine ne savait plus quoi faire. Elle avait l'air horrifiée.

— C'est le corbeau ? C'est ça ? demanda Sabine, la voix tremblante.

— Nous n'en sommes pas certains ! Cette fois-ci, l'assassin n'a pas utilisé le même mode opératoire que pour les trois autres meurtres. Ce qui est certain, c'est que ces meurtres sont liés. De toute évidence, l'assassin a voulu éliminer

Suzie de manière rapide. Peut-être n'était-elle pas prévue dans sa liste des meurtres ! Peut-être en savait-elle trop ! Tout est possible !

— Pauvre Suzie ! dit Sabine. Je la connaissais peu, mais c'était quelqu'un de gentil. Elle avait beaucoup souffert dans sa jeunesse après la mort accidentelle de son mari. Elle n'aurait pas fait de mal à une mouche.

— Je sais que c'est difficile pour vous ! Je comprends votre désarroi ! Et croyez que je vais tout faire pour retrouver le coupable ! dit Laplante.

— Merci, inspecteur ! dit Sabine, en lui adressant un léger sourire.

— Je vais vous laisser ! dit l'inspecteur. Si vous avez besoin d'aide, vous pouvez me joindre à tout moment. Vous avez mon portable.

— Attendez, inspecteur. Et mon agression ! dit Sabine, en suivant l'inspecteur dans le couloir.

— Je suis au courant ! Comment va votre bras ?

— Bien. La blessure est superficielle !

— Tant mieux ! Voulez-vous que je prenne votre déposition maintenant ou que je revienne dans un moment ? Étant donné les circonstances...

— Je préfèrerais que vous repassiez, si cela ne vous dérange pas. Pour l'heure, Élisabeth a besoin de soutien, plus que jamais.

— Je comprends. Je reviendrai tout à l'heure pour prendre votre témoignage. Puis-je récupérer la pièce à conviction ?

— Le couteau est sur le meuble de l'entrée. Nous l'avons mis dans un sac en plastique comme dans les films.

— Vous avez bien fait ! dit l'inspecteur, en souriant. Je vais le porter au laboratoire sur-le-champ. Ne sortez pas de chez vous et n'ouvrez à personne. Une patrouille passe régulièrement devant chez vous pour surveiller les alentours. N'hésitez pas à appeler si quelque chose est suspect.

— Croyez-vous que le corbeau ait voulu me tuer ?

— J'en ai bien peur !

— Pourtant, je ne sais rien ! Je n'ai rien vu ! Je ne comprends pas pourquoi il s'en prendrait à moi. Je n'ai pas d'ennemis.

— C'est ce que je vais essayer de comprendre, Madame !

— Mademoiselle ! Je ne suis pas mariée.

— Ah, d'accord ! C'est noté. Je m'en vais, mademoiselle ! Respectez les consignes de sécurité pour le bien de tous, et contactez-nous rapidement si besoin.

— Merci inspecteur ! dit Sabine. J'ai peur, vous savez !

— Je comprends. Tous nos enquêteurs sont sur le coup. Nous allons arrêter ce cinglé ! dit-il pour la rassurer. Je repasse tout à l'heure.

Sabine referma la porte derrière l'inspecteur. L'anxiété lui faisait mal au ventre.

******

Il régnait une ambiance morbide et paranoïaque dans la maison d'Élise Novant depuis le départ de l'inspecteur.

Élisabeth était retournée dans sa chambre pour se reposer après avoir pris un autre calmant.

Paméla buvait plus que de raison et titubait en plein milieu du salon. Le spectacle de sa fille totalement ivre arracha une larme à Élise.

— Élise ! Vous ne devriez pas rester là ! dit Steven à sa belle-mère.

— Oui, c'est ça, maman ! Pars t'occuper de ta fille préférée, comme tu fais d'habitude ! balbutia difficilement Paméla.

La jalousie la rongeait, même dans les moments les plus difficiles.

— Je n'ai pas de fille préférée ! dit Élise, sur la défensive.

— Mais, bien sûr que si ! Élisabeth, ta petite chérie ! Ta fierté ! Ta joie ! dit Paméla, entre deux sanglots. Moi, je ne suis rien que ta pauvre fille alcoolique et stérile !

Paméla s'écroula sur le canapé. Steven s'approcha de sa femme et la prit dans ses bras. Il fit signe à Élise pour lui demander de sortir de la pièce.

Dans un premier temps, Élise refusa, mais Sabine l'a pris par l'épaule et les deux femmes partirent se terrer dans la chambre d'Élise.

— Viens ! dit Sabine. Cela ne sert à rien de rester là.

Élise, un peu perdu, suivit Sabine sans résistance.

Paméla pleura quelques instants dans les bras de son mari, puis subitement, une rage folle s'empara d'elle.

Elle repoussa son époux violemment.

— Ne me touche plus ! Ce n'est pas parce que ta maitresse est morte que tu peux te permettre de poser les mains sur moi.

Steven ne dit rien. Il pensait que ce n'était pas vraiment le moment pour une dispute. Suzie n'était plus de ce monde. Il venait de perdre son plus grand réconfort.

Quel idiot ! Il s'en voulait tellement d'avoir laissé trainer cette photo de Suzie à moitié nue dans son portefeuille. Il aurait tellement voulu que Paméla n'apprenne jamais rien. Son intention n'était pas de la faire souffrir, mais de trouver le bien-être qu'il n'avait plus depuis que son épouse était devenue alcoolique.

Les yeux de Paméla changèrent. Son regard devint dur, méchant, provocateur.

— Suzie n'a eu que ce qu'elle méritait ! dit Paméla, avec un sourire pervers.

Un frisson d'effroi glaça Steven.

— Comment peux-tu dire cela ?

— Parce que c'était une sale pute ! Et les sales putes ne méritent pas de vivre ! Justice a été faite ! balbutia-t-elle.

L'alcool coulait dans les veines de Paméla et réveillait ses démons.

— Ne me dit pas que c'est toi qui l'as tué ? demanda Steven, horrifié.

Paméla se mit à rire. Un rire froid, un rire sardonique, un rire diabolique. Elle chercha à se relever pour dire quelque chose, mais elle s'écroula sur le canapé et se mit à ronfler aussitôt.

Pour la première fois de sa vie, Steven eut envie de quitter sa femme. Il venait de franchir le point de non-retour.

******

Le plan était au point. Yvan empruntait ce chemin chaque jour à pied, à 8 heures, pour aller faire ses courses et revenait environ une heure après. Les personnes âgées ont leurs habitudes, leurs routines.

Il suffisait de l'intercepter au bon moment, et le tour serait joué.

Yvan marchait, les bras chargés de deux cabas en osier.

Je ralentis afin d'arrêter mon véhicule à sa hauteur.

— Bonjour, Yvan ! Tu vas bien ! dis-je, en souriant.

— Bonjour ! me répondit-il, essoufflé. Ces sacs avaient l'air de peser une tonne.

— Veux-tu que je te dépose chez toi ? lui demandé-je.

— Ce n'est pas de refus ! dit Yvan.

— *Monte dans ce cas !*

Le plan fonctionnait à merveille. Yvan s'assit sur le siège passager.

Je jetai un rapide coup d'œil aux alentours. Personne ne nous avait vu. C'était parfait.

Je redémarrai rapidement.

À partir de ce moment-là, tout alla très vite.

Je devais occuper Yvan en lui faisant la conversation. Ainsi, il ne devait pas remarquer la main perfide, cachée à l'arrière du véhicule, sous un tas de couvertures, armées d'une seringue.

Le produit devait faire rapidement son effet et Yvan devait s'endormir sans la moindre résistance. Avec mes connaissances médicales, cela devait être un jeu d'enfant.

Et tout se passa comme prévu.

Je bifurquai en direction de l'usine désaffectée où tout allait pouvoir commencer.

******

Dans son bureau, l'inspecteur Laplante examina les derniers éléments de l'enquête. De nouveaux résultats d'analyses étaient posés en pile sur son bureau. Le carton qui contenait l'arme, la drogue, et la lettre cachée sous la latte du plancher d'Yvan Turdou était posé juste à côté.

Les informations fusaient, mais les recoupements n'étaient pas clairs.

L'affaire était compliquée et le changement de mode opératoire du corbeau faisait pressentir le pire à l'inspecteur. L'assassin était peut-être aux abois. Il allait peut-être frapper à nouveau, sans que personne ne s'y attende.

Laplante avait peur de ne pas pouvoir protéger efficacement Élise Novant, Sabine Blant, Paméla et Steven Jassin. Il se demandait comment mettre hors d'état de nuire, cette menace extérieure.

D'autant plus que l'assassin avait démontré qu'une porte ne l'arrêtait pas.

Jeanne entra dans le bureau de l'inspecteur.

— Excuse-moi ! dit-elle, surexcitée. J'ai du nouveau et je crois que cela va te plaire.

— Ah bon ! Que se passe-t-il ?

— Tiens ! Lis par toi-même ce que je viens de trouver !

L'inspecteur lut la feuille dactylographiée par Jeanne, qui résumait très bien les résultats de ses recherches.

L'inspecteur ouvrit grand les yeux.

— Ce n'est pas possible ! dit-il à Jeanne.

— Si, j'ai vérifié en deux fois. Il n'y a pas d'erreurs.

— Mais alors, qui sont ses parents biologiques ?

— Je crois avoir ma petite idée, mais ce n'est qu'une intuition. Il faut que je fasse quelques recherches supplémentaires. Tu me laisses un peu de temps !

— Je te laisse une heure !

— C'est pile ce qu'il me faut !

*****

Yvan avait perdu la notion du temps. Il ne savait pas depuis combien de temps il était attaché sur cette chaise, mais ses membres lui faisaient horriblement mal.

Il venait de se réveiller et ne comprenait rien à la situation. Il était seul, pieds et poings liés, la bouche bâillonnée.

Autour de lui, des murs délabrés et lugubres l'entouraient. La toiture était pleine de trous et menaçait de tomber à tout moment.

Il savait où il se trouvait. L'usine abandonnée.

Il voulait hurler, mais il savait que cela ne servirait à rien. Il était loin de tout ici.

C'est alors qu'il se souvint de la lettre de menace qu'il avait reçue. Une lettre de menace en lettre rouge sang : « Je sais qui tu es, je sais ce que tu as fait ».

Le corbeau n'était donc pas un plaisantin comme il le croyait.

Yvan pensait pourtant vivre incognito dans ce petit village tranquille.

Il y vivait paisiblement depuis tant d'années. Le passé l'avait rattrapé.

Les souvenirs de son enlèvement étaient encore très flous, mais peu à peu, il se souvint.

Les courses, les sacs de provisions pleins, la fatigue, la voiture… tout lui revint subitement en mémoire.

Mais, pourquoi ? Pourquoi, lui ?

Peu à peu, des corrélations dans son esprit prirent forme. Et puis, la phrase que son ravisseur prononça avant qu'il ne s'endorme résonna dans sa tête.

C'est alors qu'il comprit !

Il savait à présent qu'il était condamné à mourir.

*****

Le craquement du plancher, derrière lui, le fit sursauter. Steven se retourna et aperçut Élisabeth plantée sur le pas de la porte du salon.

Elle avait l'air d'un fantôme, avec son pull XXL, son pantalon sans forme, et son teint blafard.

Elle regardait Steven comme une gamine apeurée.

— Qu'est ce que tu fais là ? dit Steven. Tu devrais être en train de te reposer.

— J'ai tout entendu de votre dispute ! dit Élisabeth, d'une voix neutre.

— Ce n'est rien ! Tu connais ta sœur ! Elle a trop bu !

Une larme coula le long de la joue d'Élisabeth.

Steven l'a pris par les épaules et l'accompagna avec douceur jusqu'à son lit.

— Allonge-toi, et essaye de dormir ! C'est le mieux que tu puisses faire pour le moment !

Élisabeth haussa la tête de haut en bas et Steven referma la porte de la chambre derrière lui.

C'en était trop pour Élisabeth. Elle ne supportait plus cette vie.

Elle sanglota durant plus d'une heure en attendant que le calmant l'emporte dans un paradis artificiel, un endroit où elle ne penserait plus, un endroit où tout serait comme avant.

Mais, le sommeil ne vint pas et Élisabeth prit une grande décision. Elle devait partir. Partir loin de tout. Partir pour oublier. Fuir cette vie.

Elle était déterminée.

D'un bond, elle se leva et chercha un sac et des vêtements dans l'armoire de sa cousine. Les deux femmes faisaient environ la même taille. Élisabeth n'avait pas besoin de grand-chose.

Un t-shirt, un jean, et des sous-vêtements.

Elle ouvrit le tiroir à lingerie pour attraper quelques culottes lorsqu'un album photo, bien caché sous la pile de sous vêtements, attira son attention.

Curieuse, elle l'ouvrit.

Sabine ne lui avait jamais montré de photos de ses parents décédés, ou de sa famille. Elle disait qu'elle avait tout laissé derrière elle, ne voulant pas s'encombrer. Sa cousine disait que les souvenirs étaient dans son cœur et non sur un bout de papier.

En regardant les premières photos, Élisabeth fut surprise.

Elle ne comprenait pas. Puis, ce fut le choc.

Elle feuilleta les pages jusqu'au bout, et trouva une lettre. Une lettre écrite à l'encre rouge.

Les mains tremblantes, elle lut.

Ses yeux se remplirent de larmes.

******

Après des heures d'attentes interminables, il entendit une voiture s'approcher de lui.

Le cœur d'Yvan se mit à battre très fort. Il avait peur, il était terrorisé. Il n'avait pas envie de mourir. Pas tout de suite. Pas comme ça !

Il voulait encore profiter un peu de cette chienne de vie.

Il entendit des pas s'approcher. Sa respiration s'accéléra. Il avait la sensation d'étouffer avec ce maudit bâillon.

Lorsqu'il l'aperçut, Yvan ne comprenait plus rien. Ce n'était pas la personne à laquelle, il s'attendait.

Il eut un moment de soulagement. Une sorte d'espoir s'immisça en lui. Mon sauveur est là. Je vais enfin être libéré.

Mais, très vite, il comprit que les attitudes menaçantes de cette personne ne correspondaient pas à un sauvetage.

Il avait en face de lui l'être qui allait mettre un terme à sa vie.

Il ne se sentait pas prêt, mais il accepta son sort, puisqu'il n'avait pas le choix.

Il ferma les yeux pour ne pas voir ce qui allait lui arriver.

Au bout de quelques secondes, une voix sans âme se mit à lui murmurer quelque chose à l'oreille.

Au départ, Yvan se mit à pleurer. Des larmes de remords. Des larmes de regrets. Des larmes de repentance.

— Tu sais maintenant qui je suis ! dit la voix à Yvan.

Yvan secoua la tête pour acquiescer.

Puis, la voix rajouta autre chose. De plus grave, de plus violent, de plus monstrueux.

Et les larmes se transformèrent en supplication, étouffée par ce maudit bâillon.

*****

Jeanne était heureuse. Son intuition était bonne. Elle en avait la preuve à présent. Il avait fallu faire appel à quelques connaissances pour avoir rapidement l'information, mais elle y était arrivée.

Elle n'en revenait pas.

Satisfaite de son travail, elle fila dans le bureau de l'inspecteur qui venait de raccrocher avec le labo.

— Du nouveau ? demanda Laplante.

— Mon intuition s'est confirmée. Regarde ! dit-elle, en lui tendant la preuve de ce qu'elle avançait.

— Nom de dieu ! C'est fou cette histoire !

— Complètement !

— Très bon boulot, Jeanne ! Je crois qu'un petit interrogatoire s'impose.

— Oui ! Je ne comprends pas pourquoi ce mensonge !

— C'est ce que je vais tenter d'éclaircir. Je file chez Élise
Novant.

******

La nuit angoissante terrifiante avait égrené les heures autour du tourment d'Yvan. Il n'avait pas fermé l'œil. Son visage grimaçait de douleur. Son corps entier le faisait souffrir.

Il avait tenté de se libérer toute la nuit. En vain. Les liens étaient solides.

Il avait faim, il avait soif, il était désespéré.

Il savait toute la vérité et cette vérité le tuerait.

Lui, son fils et son petit-fils.

Il ne pouvait pas l'accepter, mais que pouvait-il faire de plus ? Il avait tout tenté cette nuit pour fuir et stopper tout ça.

À l'aube, quand le moteur de la voiture se fit entendre, il sursauta.

La première photo posée sur ses genoux le fit hurler de douleur. Son cœur se brisa en mille morceaux.

Son petit fils était si jeune, si innocent.

Les yeux pleins de larmes, Yvan remarqua un détail sur la photo qui lui donna une sueur froide.

Sur le mur de la chambre de son petit fils était inscrit en lettre rouge, sanglante :

« Et de 1 »

La culpabilité le dévora comme une bête immonde qui vous aspire de l'intérieur.

Lorsque la deuxième photo fut déposée sur ses genoux, Yvan n'était déjà plus que l'ombre de lui même.

La bête immonde l'anéantissait.

Son fils était mort, le torse couvert de sang. Son corps gisait sur le trottoir. Sur le mur près de lui, la même inscription sanglante :

« Et de deux »

Un détail frappa Yvan. Son fils avait le sexe hors du pantalon, recouvert par un préservatif.

Yvan avait envie de hurler :

— Qu'avez-vous fait à mon fils ?

Mais le maudit bâillon l'en empêchait.

La douleur était insupportable. La terreur était insoutenable. Yvan se liquéfiait de l'intérieur.

Yvan supplia qu'on l'achève.

Mais la bête était aussi immonde à l'intérieur qu'à l'extérieur.

Après les douleurs morales, Yvan devait subir les douleurs physiques.

Le supplice ne faisait que commencer.

Attiré par un bruit étrange derrière lui, Yvan tourna la tête.

Sur le mur, en lettre rouge sang, dégoulinante, son bourreau venait d'inscrire :

« Et de 3 »

*****

Élise se reposait allongée sur son lit. À côté d'elle, sur la chauffeuse, la cousine Sabine veillait sur elle, en lisant un magasine.

Paméla ronflait encore, toujours écroulée sur le canapé.

Steven, près d'elle, fumait cigarette sur cigarette, en la regardant. Chaque bouffée qu'il aspirait était un pas de plus qui l'éloignait de sa femme.

Il se rappela avec tristesse à quel point il avait pu aimer Paméla, même durant toutes ses années où l'alcool était le quotidien de son épouse, même lorsqu'il cherchait du réconfort dans les bras de Suzie. Jamais, une seule seconde de sa vie, Steven n'avait cessé d'aimer Paméla.

Aujourd'hui, pour la première fois, il la regardait avec dégout.

Assise sur son lit, Élisabeth tenait l'album photo entre ses bras. Les yeux dans le vague, son esprit bloquait dans une sorte d'hébétude totale.

Les photos et le contenu de la lettre qu'Élisabeth venait de trouver dans le tiroir de Sabine tourbillonnaient dans sa tête au point de l'étourdir.

Le coup de sonnette fit sursauter Sabine qui lisait, Élise qui somnolait, et Steven qui ruminait. Il réveilla Paméla et fit sortir Élisabeth de sa torpeur.

C'est Élise qui alla ouvrir.

— Rebonjour, inspecteur !

— Rebonjour ! Puis-je entrer ? Je voudrais vous parler ! J'ai du nouveau.

Le cœur d'Élise se mit à battre plus fort.

— Mais, bien sûr ! Entrez !

— J'aimerais que tout le monde me rejoigne dans le salon.

— Très bien. Steven et Paméla sont déjà là. Je vais chercher Élisabeth et Sabine.

— Je vous remercie ! dit l'inspecteur. Je vous attends.

L'inspecteur salua Steven et Paméla d'un signe de tête.

Laplante jeta un coup d'œil rapide autour de lui. Le salon d'Élise était coquet, mais le décor un peu désuet. Une cheminée en pierre trônait sur le mur principal. Deux canapés en cuir et bois offraient leur coussin douillet à une assise confortable. Des tableaux en canevas décoraient les murs et une multitude de bibelots démodés étaient disposés çà et là, attrapant la poussière. Malgré tout, ces objets du passé formaient un espace chaleureux et accueillant.

L'inspecteur observa le visage cerné et bouffi de Paméla, et les yeux rougis et désespérés de Steven. Ils avaient l'air tous les deux bien mal en point.

Élisabeth, Sabine et Élise s'installèrent, sans un mot.

Élisabeth prit place à côté de sa sœur. Élise resta debout contre la cheminée en pierre, et Sabine s'appuya contre un mur, juste en dessous d'un tableau en canevas représentant un énorme bouquet de fleurs.

L'ambiance était pesante.

— Parfait ! Tout le monde est là ! dit Laplante. Je vais pouvoir commencer.

Tous les yeux étaient rivés sur l'inspecteur. On pouvait lire dans le regard de chacun l'angoisse et l'interrogation.

— Lors de nos investigations sur chacun de vous, nous avons découvert un petit détail que personne ne nous a mentionné. Personne et surtout pas l'intéressée.

— Nous n'avons rien à cacher ! s'insurgea Élise.

— Oh que si ! dit l'inspecteur.

Il regarda la cousine Sabine droit dans les yeux.

— Vous êtes la fille de Claudius et Amélie Blant.

— Oui, dit Sabine.

— Vous nous avez déclaré que vous étiez une cousine éloignée d'Élise.

— C'est exact.

— Il se trouve que les Blant n'ont aucun lien de parenté avec Élise.

Steven, Paméla et Élisabeth regardèrent Sabine, surpris.

Élise baissa les yeux au sol, elle avait l'air désemparée.

— Mais, mais… dit Sabine.

— Ce n'est pas terminé ! dit Laplante, avec autorité.

Sabine se tut.

— Nous nous sommes donc demandé pourquoi vous aviez menti à ce sujet. En poussant les recherches, nous avons trouvé que Claudius et Amélie Blant étaient vos parents adoptifs.

— Oui, c'est exact ! dit Sabine, d'une voix fluette.

— Mais, pourquoi nous avoir menti ? demanda Élisabeth, désorientée.

Sabine ne répondit pas. Des larmes douloureuses coulèrent le long de ses joues.

C'est alors que la voix d'Élise s'éleva et brisa le silence.

— Parce que c'est ma fille !

Le sang d'Élisabeth, de Paméla et de Steven se glaça.

— Tu veux dire que Sabine est notre sœur ! dit Paméla.

— Votre demi-sœur ! Je lui ai donné naissance avant de connaître votre père.

******

Les phares du 4X4 illuminaient la forêt, en un halo de lumière diffuse. Cet éclairage rendait le paysage autour de nous encore plus inquiétant.

Mon coup de foudre lâcha ma main pour adresser de grands signes à son ami.

La voiture s'approcha lentement de nous. Les phares de la lumière m'aveuglaient, à présent. Puis, le conducteur coupa le contact.

— Viens ! me dit mon coup de foudre.

Je le suivis sans discuter, à la rencontre de son ami.

— Je te présente Yvan ! me dit l'amour de ma vie.

— Bonjour Yvan ! dis-je, en souriant. Je m'appelle…

Yvan me coupa la parole.

— Je sais comment tu t'appelles. J'ai beaucoup entendu parler de toi ! me dit-il.

La joie m'envahit. Mon coup de foudre parlait de moi à ses amis.

— En bien, j'espère ! rajoutai-je, avec décontraction.

Yvan ne me répondit pas, mais m'adressa un large sourire que je ne sus pas décrypter.

Son sourire était à la fois, aimable et enjoué, mais ce type dégageait quelque chose de carnassier, de malsain.

— Tu n'as pas oublié les provisions et les valises que je t'ai apportées cet après-midi ? demanda mon amour à Yvan.

— Non. Tout est dans le coffre !

— Est-ce que je peux mettre mon sac avec ? demandai-je, timidement.

— Désolé, il y a plus de place. Garde ton sac avec toi ! me dit Yvan, sèchement.

« Vraiment bizarre, ce type ! » me dis-je.

— Il commence à faire frais, vous ne trouvez pas ? demanda mon coup de foudre.

— Si, dit Yvan. Mais j'ai amené quelque chose pour nous réchauffer.

Yvan sortit une bouteille d'alcool de son coffre et me la tendit.

— Mais, je n'ai pas l'âge pour boire ! dis-je, bêtement.

Yvan se mit à rire grossièrement.

— Tu considères que tu n'as pas l'âge pour boire, mais tu décides de partir de chez tes parents pour faire ta vie avec un adulte. Tu déconnes ?

— Non, tu as raison ! dis-je, en attrapant la bouteille.

— Allez, bois ! m'incita Yvan. Dépêche-toi ! J'en veux moi aussi.

J'avalai une gorgée qui me brula instantanément la gorge. Je ne pus retenir un toussotement qui fit beaucoup rire Yvan et mon coup de foudre.

La bouteille circulait de main en main, de bouche en bouche. Le liquide se vidait peu à peu dans la bouteille. L'alcool se répandait dans nos veines.

Je me sentais euphorique et libre. Le bonheur me grisait.

******

La nouvelle eut l'effet d'une bombe sur l'ensemble de la famille.

Tout d'abord, ce fut un long silence de consternation. Plus personne ne savait quoi dire.

Paméla lançait de longs regards d'incompréhension et de reproches à sa mère.

Cette vérité improbable venait de lui donner un coup de fouet. L'alcool ne lui troublait plus l'esprit. Ces idées étaient subitement devenues très claires. Cette vérité, cette improbable vérité l'angoissa.

Élisabeth avait le sentiment de patauger dans le mensonge. Elle ne supportait plus toute cette boue qui engluait sa vie. Elle éclata en sanglot.

Steven restait bouche bée. Il ne se serait pas douté une seule seconde du lien de parenté qui unissait Sabine et Élise. Comme tout le monde, il avait remarqué qu'elle se ressemblait beaucoup, mais quoi de plus normal entre cousines.

Sabine tremblait de tous ces membres. Elle se complaisait dans le mensonge, dans le rôle de la cousine Sabine. À présent, il allait falloir assumer. Assumer ses demi-sœurs, assumer sa famille, assumer son véritable statut.

Élise recherchait désespérément un soutien, mais pour l'heure, elle ne récoltait que de l'hostilité.

L'inspecteur Laplante observait dans le calme. Son enquête prenait une tournure qu'il n'aimait pas beaucoup.

******

La bouteille d'alcool presque vide, Yvan proposa de monter dans la voiture pour échapper à la fraicheur de la nuit.

— On monte à l'arrière ! On aura plus de place ! dit-il.

Yvan verrouilla les portières et son regard carnassier se posa sur moi.

— Tu l'as bien choisi ! dit-il à mon coup de foudre.

— Je t'avais dit qu'elle était mignonne ! dit mon amour, avec une voix étrange.

Malgré l'alcool qui coulait dans mes veines, je ne ressentis pas cette réflexion comme un compliment. Subitement, j'eus très peur.

Yvan tenta de poser sa main sur ma poitrine. Je fis un geste de recul et regardai, stupéfaite, mon amoureux qui ne bougeait pas.

— Ton ami vient de me toucher les seins, et tu ne dis rien ? lui demandé-je.

— Bien sûr que non, puisque je t'ai amené ici exclusivement pour cela.

— Pardon ? J'ai dû mal comprendre !

L'euphorie que je ressentais grâce à l'alcool se transforma en terreur.

— Tu n'as pas mal compris ! Je t'ai amené ici pour que tu payes mes dettes.

— Quoi ?

— Elle pose beaucoup trop de questions ta copine. Elle commence à être chiante ! dit Yvan.

— Attend ! Je lui explique vite fait ! dit Pierre, celui que je croyais être mon amoureux.

— OK ! Mais, dépêche-toi ! Je n'ai pas toute la nuit ! répondit Yvan, impatient.

— Je dois un sacré paquet de fric à Yvan. Et j'ai eu pas mal de soucis pour regrouper la somme. Il me manque encore 2000 balles. Alors, Yvan m'a proposé un marché. Il oublie les 2000 balles si je lui trouve une jolie fille vierge et mineure pour qu'il s'amuse avec. Et tu es l'heureuse élue.

Une larme coula le long de ma joue.

— Tu ne m'aimes donc pas ?

— Bien sûr que non ! Les mineurs, ce n'est pas mon truc. J'ai joué la comédie pour t'attirer jusqu'ici.

— Tu m'as piégé !

— Appelle cela comme tu veux ! Moi, j'ai juste respecté les termes d'un contrat pour liquider mes 2000 balles.

— Donc, pour toi, je ne vaux rien !

Ma peine coulait dans un torrent de larmes.

— Bon ! Là, tu m'agaces ! me dit Pierre. Moi, je me casse.

— Tu ne veux pas participer ? lui demanda Yvan. C'est cadeau !

— Ah non ! Merci ! Il a déjà fallu que je me force pour l'embrasser. Elle est vraiment trop jeune pour moi. Elle ne me fait aucun effet.

Pierre déverrouilla la portière pour sortir.

— Moi, elle m'en fait beaucoup ! dit Yvan, l'œil vicieux.

— Attend ! Tu ne vas pas me laisser là ! dis-je, en tentant de fuir.

Violemment, Yvan me retint. Ses doigts s'enfoncèrent dans les chairs de mon bras.

Pierre claqua la portière qui se verrouilla aussitôt. Il alluma une cigarette et attendit le dos appuyé contre un arbre.

Je ne pus échapper aux griffes obscènes d'Yvan. Tel un être malfaisant, il emporta avec lui ma virginité et mon innocence. Trois fois de suite. Trois terribles fois de suite !

Mes supplications, mes plaintes et mes hurlements résonnèrent dans l'habitacle du 4X4 et ne trouvèrent aucun écho dans l'immensité glaciale et terrifiante de la forêt.

******

— Mais pourquoi avoir abandonné ton enfant ? demanda Paméla.

— Parce que mes parents m'ont obligé ! dit Élise en pleurant. Je n'avais que 14 ans lorsque je suis tombée enceinte.

— Comment est-ce qu'elle t'a retrouvé ?

— Au décès de ses parents, elle a retrouvé une lettre que je lui avais écrite le jour de son abandon. Sa mère adoptive ne l'avait pas jetée et la cachait dans ses affaires personnelles.

— Et qui est son père ? On le connaît ? questionna Paméla.

— Non, vous ne le connaissez pas ! dit Élise.

Paméla était interloquée. Steven restait sans voix. Élisabeth guettait, comme un chat qui va fondre sur sa proie.

— Si, on le connaît ! dit Élisabeth.

Sa voix résonna comme un coup de semonce.

Tous les yeux se rivèrent sur Élisabeth.

— Son père était Yvan Turdou, mon beau père.

Elle sortit de sous son pull-over trop grand, l'album photo de Sabine, qu'elle avait caché.

— Regardez inspecteur, reprit Élisabeth, tout est là. La lettre que ma mère a écrite à Sabine avant de l'abandonner. Les photos de Yvan Turdou, de mon mari et de mon fils. Lisez ce que Sabine a écrit en légende derrière chaque photo, inspecteur.

Laplante retourna la photo d'Yvan Turdou et lut :

— Mon père, ce salaud !

Puis, ce fut le tour du cliché de Jack et Killian Turdou :

— Mon demi-frère et mon neveu. Dommage qu'ils ressemblent tellement à ce salaud. Leur sang coulera et vengera ma mère. »

L'inspecteur n'en croyait pas ses yeux.

— Sabine, je vais vous demander de me suivre sans résistance.

— Non ! hurla Élise. C'est entièrement de ma faute. C'est moi qui ai tout organisé !

— Maman, tais-toi ! dit Sabine.

— Non, je ne me tairais pas ! hurla Élise, en larmes. Le père de Sabine était un salaud de la pire espèce. Il m'a violé sauvagement dans une voiture. Trois fois de suite. J'étais encore vierge. C'est Pierre, mon petit ami de l'époque, qui m'a livré en pâture à ce salaud. Il était mêlé à un vaste réseau de drogue, de l'héroïne, je crois. Il avait un contentieux avec Yvan Turdou. Il lui devait de l'argent. Ils avaient passé un marché. Mon petit ami devait lui fournir une jeune vierge pour régler une partie du contentieux que mon petit ami n'arrivait pas à solder. Mon viol a réglé son problème. Je suis tombée enceinte et mes parents m'ont envoyée à la campagne dans une maison pour fille-mère, où j'ai accouché et abandonné mon enfant. J'ai vécu toute ma vie avec cette blessure, et puis, un jour, j'ai eu la chance de rencontrer le père de mes deux autres filles. C'était un homme parfait. Je vivais, enfin, heureuse. Ce fut des années de bonheur inoubliable.
Le jour où Élisabeth nous a présentés à sa belle famille, tout a basculé. J'avais en face de moi le père de ma

première fille. Le violeur. Le salaud. Il ne m'a même pas reconnu.

Il avait une vie bien rangée, une femme très gentille et un fils, mon futur gendre, qui lui ressemblait comme deux gouttes d'eau.

Toute la boue du passé a refait surface à cet instant.

Je n'ai rien dit durant toutes ses années, croisant mon violeur au mariage de ma fille, à la naissance, au baptême et à la communion de mon petit-fils. Et parfois même dans des diners de famille où ma fille se faisait une joie de réunir tout le monde.

Je nourrissais une haine féroce pour cet homme. Chaque fois que je le croisais, elle était encore plus violente, encore plus hargneuse, encore plus féroce.

Et puis, cette haine a débordé. Je ne pouvais plus la contenir. Progressivement, elle a touché mon gendre qui ressemblait tellement à son père, puis mon petit fils qui lui aussi ressemblait trait pour trait à son grand-père.

Mon violeur a perdu sa femme la même année où j'ai perdu mon mari. Sur l'entrefaite, quelques mois plus tard, Sabine est arrivée.

Elle a été le déclencheur. Ma vengeance allait enfin pouvoir s'exprimer.

Je devais faire souffrir cet homme comme il m'avait fait souffrir.

Sabine avait le même désir de vengeance que moi. Ce père, ce violeur n'était pas digne de vivre.

Ensemble, nous avons monté ce scénario.

Nous avons kidnappé Yvan Turdou et nous l'avons maintenu prisonnier dans la vieille usine où vous l'avez retrouvé mort.

J'ai tué Killian, mon petit fils, en m'infiltrant chez ma fille. Je pensais que ce serait impossible, mais il ressemblait tellement à Yvan Turdou que je n'ai pas hésité une seconde. Je l'ai regardé mourir droit dans les yeux, comme si je tuais son grand père.

Sabine a tué Jack, son demi-frère. Elle était devenue sa maitresse depuis quelques semaines. Elle lui a donné rendez-vous dans cette ruelle pour soi-disant pimenter leur relation. Jack ne s'est pas méfié une seconde.

Nous avons pris des photos des meurtres pour les montrer à Yvan Turdou avant que lui même ne meure. Je voulais qu'il souffre comme j'ai souffert.

Puis, je l'ai tué, lentement.

Elle se mit à rire. Son regard était malfaisant, plein de perversité.

— Vous voulez que je vous dise le plus drôle. Lorsque nous l'avons kidnappé, il ne m'a pas vu. J'étais caché à l'arrière de la voiture et Sabine conduisait. Je lui ai injecté un mélange de ma composition pour l'aider à s'endormir. Avant qu'il ne perde connaissance, Sabine lui a dit « dors bien, papa ». Vous auriez vu sa tête.

Élise riait fort. Un rire vengeur, un rire maléfique, puis elle reprit :

— Ensuite, on l'a attaché à une chaise dans la vieille usine et l'on est partie. Je suis revenue le soir même. Il avait l'air soulagé de me voir. Il a certainement cru que j'allais le sauver. Pour lui, c'était Sabine, son ravisseur. Grosse erreur ! Je lui ai expliqué qui j'étais, et pourquoi il était là. Je lui ai dit qu'il allait souffrir trois fois. Les trois putains de fois qu'il m'a violées. Sa première souffrance sera la mort de son petit-fils, sa deuxième souffrance sera la mort de son fils. Ensuite, je lui ai dit qu'il me supplierait de l'achever lors de sa troisième souffrance, comme je l'ai supplié d'arrêter de me violer.
Je suis revenue le lendemain. L'heure de la vengeance avait sonné. Sabine faisait le guet au cas où les hurlements attireraient quelqu'un.

Élisabeth, Steven et Paméla restèrent bouche bée devant ses aveux.

— Pourquoi avoir tué Suzie ? demanda l'inspecteur.

— Nous ne l'avons pas tué ! Ni moi ni Sabine ! dit Élise.

— Et l'agression dont vous avez été victime ? demanda l'inspecteur à Sabine. Je suppose que c'était un coup monté.

— Oui, inspecteur ! dit Sabine, comme une petite fille qui vient de faire une bêtise.

— Vous rendez-vous compte du mal que vous avez fait à votre fille ? demanda Laplante à Élise.

— Nous avons débarrassé Élisabeth de cette lignée de salaud ! dit Élise, sans aucun remords. Elle s'en remettra !

L'inspecteur embarqua Sabine et Élise, sans résistance.

Élisabeth, Paméla et Steven se laissèrent envahir par une totale incompréhension.

******

Dans son bureau, l'inspecteur Laplante ruminait. Élise et Sabine étaient sous les verrous. Cette histoire sordide lui avait retourné l'estomac.

Comment une grand-mère pouvait-elle tuer son petit-fils de sang-froid et préméditer le meurtre de son gendre ? Ils n'étaient pas responsables des agissements odieux de Yvan Turdou.

L'esprit perturbé d'Élise avait entrainé sa première fille dans sa course à la vengeance et avait détruit la vie de sa deuxième fille.

Comment Élise ne pouvait-elle pas avoir de remords ?

Cette folie meurtrière laissait un gout amer et immonde à l'inspecteur Laplante.

Un frisson d'effroi lui glaça le sang.

Il pensa à sa femme Anaïs, si belle, si douce, et à ses fils, deux grands et beaux gaillards avec la vie devant eux.

Il se dit qu'il avait beaucoup de chance.

L'inspecteur regarda l'heure à sa montre. Il était temps d'appeler le labo. Les analyses ADN des fragments de peau sous les ongles de Suzie allaient peut-être parler.

Il ne comprenait pas le lien entre le meurtre de Suzie et le triple assassinat. Y'en avait-il un finalement ?

Il composa le numéro de téléphone fébrilement.

— Allo, c'est Laplante. Alors, as-tu les résultats ?

— Oui, ils viennent de tomber à l'instant. J'allais t'appeler. Tout concorde, on a fait les comparaisons avec les prélèvements effectués sur les familles Turdou, Novant et Jassin. On tient le coupable.

******

Devant mon bol de café, je souriais à la vie. Je venais d'avoir 19 ans. Assise sur une chaise en toile, je faisais face à mon amie qui était partie en vacances avec moi.

— Je suis ravie d'être venue avec toi. C'est vraiment super ici ! dis-je à Annick, ma camarade. Ce camping est vraiment cool.

— Je te l'avais bien dit que cela te ferait du bien, Élise ! Maintenant que tu as eu ton diplôme, tu peux décompresser.

— Oui, tu as raison. J'en ai bien besoin. J'ai bossé comme une acharnée cette année.

— Allez, Élise ! On oublie l'université et l'on file à la plage.

Mon amie s'engouffre dans la toile de tente pour se préparer.

— OK, Annick ! Je finis mon café tranquillement et je me prépare, moi aussi.

C'est alors qu'une sensation de coup de poignard dans le ventre me fit réagir. Là, devant moi, Pierre marchait en direction des toilettes du camping.

Il ne m'a pas vu.

Son attention était fixée au sol. Il me semblait mal réveiller.

Soudain, tout m'est revenu en mémoire. Tout ce que j'ai cherché à oublier depuis cinq ans remonta à la surface.

Le viol, la trahison, l'humiliation, le dégout, le désespoir.

Je me rappelais avoir pleuré toute la nuit, seule dans cette forêt, lorsque ces deux êtres immondes m'avaient abandonné à mon triste sort, après qu'Yvan m'ait sauvagement violé.

Depuis ce jour maudit, je ne les avais plus jamais revus.

Au fond de moi, je nourrissais une haine féroce contre ses deux êtres odieux. Mais, je ne pensais jamais les rencontrer à nouveau.

C'est à ce moment précis que j'ai décidé d'agir. Pierre était là, devant moi. Il fallait que je saisisse ma chance.

— Annick ! Je ne viendrais pas avec toi à la plage ! Je ne me sens pas bien !

— Ah bon ! me dit mon amie, déçue. Quel dommage ! Qu'est ce que tu as ?

— J'ai mal à la tête et je suis barbouillée.

— Veux-tu que je reste avec toi ?

— Non. Va à la plage. Profites-en. Si ça va mieux, je te rejoindrai.

Toute la matinée, j'ai suivi Pierre, avec un certain talent. Il ne m'a pas remarqué.

De retour à l'emplacement de sa toile de tente, il enfourcha son vélo pour partir se promener.

N'ayant pas de vélo, je courus vers ma voiture. J'ai bien cru que je l'avais perdu lorsqu'au détour d'un virage, je l'aperçus.

Il se dirigeait sur une route sinueuse, au bord des falaises.

Je le suivais de loin. Ma voiture roulait au pas. Par chance, cette route était peu fréquentée.

Lorsque Pierre longea les falaises, la haine me submergea. C'était le moment. J'étais comme guidée par une sorte de folie vengeresse.

Tout se passa très vite. J'ai foncé sur Pierre qui bascula dans le ravin.

Son corps ensanglanté, 20 mètres plus bas, gisait comme un pantin désarticulé.

Un sourire triomphant plein de satisfaction venait clore mes représailles.

La police conclut à un accident.

*****

L'inspecteur Laplante sonna à la porte d'entrée de la maison d'Élise Novant. S'il avait un peu de chance, Steven, Paméla et Élisabeth seraient encore là.

Il s'en voulait d'avoir été si peu méfiant.

— Sa façon de s'habiller aurait dû me mettre sur la voie, se dit-il. Je pensais qu'elle se laissait aller. Mais, elle cherchait simplement à cacher les griffures faites par Suzie.

Des images d'Élisabeth avec son pull trop grand lui revinrent en mémoire.

Mais pourquoi Élisabeth aurait-elle tué Suzie ?

— Inspecteur ? dit Steven en ouvrant la porte. Que se passe-t-il encore ?

— Élisabeth est-elle ici ?

— Non, elle est partie prendre l'air, il y a déjà plus d'une heure.

— Pourquoi la cherchez-vous ?

— Élisabeth a tué Suzie ! dit-il, sans détour.

— Comment ? dit Steven. Mais, mais, ce n'est pas...

L'inspecteur le regarda interrogateur.

Paméla s'approcha de son mari. Elle avait visiblement dessaoulé.

— Ce n'est pas, quoi ? demanda Laplante.

— Mon mari croyait dur comme fer que j'avais tué Suzie, car elle était sa maitresse, dit Paméla.

— J'ai le regret de vous annoncer que c'est votre sœur la coupable. L'ADN a parlé.

— C'est terrible, mais je m'en doutais ! dit Paméla.

— Comment ça ? demanda l'inspecteur.

— Le jour du meurtre, j'ai vu Élisabeth s'absenter de la maison durant une heure environ. Personne ne l'a vu sortir ni revenir, sauf moi. Élisabeth ne s'est pas méfiée. Elle a cru que je dormais. J'avais un peu bu, mais j'avais les idées encore suffisamment claires. J'ai vu ses poignets lacérés et ensanglantés.

— Et pourquoi n'avez-vous rien dit ?

— C'est ma sœur ! Voilà pourquoi !

— Et pour quel motif aurait-elle commis ce meurtre ?

— Élisabeth porte un lourd secret depuis bientôt 15 ans.

— Quel est ce secret ? demanda l'inspecteur, impatient.

— En rentrant de boite de nuit au petit matin, Élisabeth a renversé le mari de Suzie qui faisait son jogging et elle a pris la fuite par peur des représailles. Elle avait bu. Le mari de Suzie a succombé à ses blessures et Suzie ne s'en est jamais vraiment remise. Elle n'a jamais refait sa vie. Juste un amant de temps en temps.

Paméla fixa lourdement son mari qui détourna le regard.

— Je comprends ! dit l'inspecteur. Élisabeth a cru que Suzie avait appris le fin mot de l'histoire.

— Tout à fait ! Je suis persuadée qu'elle a pensé que Suzie avait tué toute sa famille par vengeance. Elle ne se serait jamais doutée que le corbeau rouge était en réalité maman et Sabine.

— Savez-vous où elle a pu aller ?

— Je n'en ai pas la moindre idée.

— Je vais lancer une équipe à sa recherche. Puis-je jeter un œil dans sa chambre en attendant son retour ?

En montant l'escalier menant vers les chambres, l'inspecteur prit son portable pour appeler Jeanne.

— Élisabeth n'est pas là. Mets tous les hommes sur le coup. Il faut la retrouver avant qu'elle ne prenne la fuite. J'attends ici au cas où elle revienne.

— OK ! Je fais le nécessaire ! dit Jeanne, avant de raccrocher.

Dans la chambre d'Élisabeth, l'inspecteur tomba nez à nez sur une lettre posée sur la table de nuit.

Laplante descendit en trombe vers le salon.

— Votre sœur a écrit une lettre d'adieu avant de partir. Elle a l'intention de mettre fin à ses jours. Savez-vous où on pourrait la trouver ?

— Non, je ne vois vraiment pas ! dit Paméla, affolée.

— Même pas un petit indice ! Comment pourrait-elle mettre fin à ses jours ?

— Je ne sais pas moi.

Le cerveau de Paméla bouillonnait.

— Attendez ! Quand on était petite, Élisabeth me disait souvent qu'elle aimerait voler comme les oiseaux. Elle m'en a parlé à nouveau tout à l'heure. Je pensais qu'elle divaguait parce que maman et Sabine venaient de se faire arrêter. J'y ai prêté peu d'attention.

— La falaise ! dit l'inspecteur.

— Oui, c'est ça ! dit Paméla. Elle va sauter de la falaise. Vite, il faut y aller.

******

L'attente au bord de cette falaise était interminable. Ces cheveux bruns volaient au vent. Son regard bleu azur pointait l'horizon. Un sourire de soulagement se dessina sur son visage.

C'était la fin ! La fin de cette histoire horrible ! La fin de toutes ces galères ! La fin de cette vie !

Son choix était fait, mais le courage manquait.

Et puis, la voiture arriva. Le soleil de cette belle journée d'été rayonnait sur le pare-brise. Le reflet scintilla comme une étincelle. Une étincelle de courage. Le courage qui lui manquait.

Élisabeth allait pouvoir voler comme les oiseaux.

Elle regarda une dernière fois derrière elle. Sa sœur sortit de la voiture horrifiée et hurlait, mais Élisabeth ne l'entendait pas.

Élisabeth se sentait bien. Apaisée. Elle allait rejoindre son fils et son mari.

Elle ferma les yeux et imagina leurs doux visages qui lui souriaient. Ils l'appelaient. Ils l'attendaient.

Elle se laissa lentement glisser dans l'immensité du vide sous ses pieds.

******

Assise sur son lit, Élise réfléchissait à la tournure de la lettre qu'elle allait écrire à son enfant.

Elle venait de chaparder un stylo rouge et une feuille de papier glacé dans le bureau de la directrice.

Ici, les pensionnaires n'avaient droit à rien. Toutes les filles mères étaient considérées comme des parias de la société. Elles avaient le sentiment d'être en prison.

Ce lieu austère, avec ses murs hauts et épais, ses barreaux aux fenêtres, était loin d'être accueillant.

Élise s'était liée d'amitié avec une jeune infirmière qui lui avait promis de faire passer la lettre aux parents adoptifs de son enfant.

Elle espérait qu'un jour peut-être, son bébé, devenu grand, lirait ses quelques mots.

Le 6 mai 1962,
Pour ma fille,

Je m'appelle Élise Siturne, et je suis ta maman. Je viens d'avoir 15 ans.

Si je t'écris cette lettre aujourd'hui, c'est parce que je ne vais jamais avoir la joie de pouvoir te prendre dans mes bras, de pouvoir te consoler lorsque tu pleures, de pouvoir te câliner tendrement, de pouvoir te protéger.

D'ailleurs, je ne sais pas si j'aurais pu le faire sans arrière-pensées.

Tu es venu au monde tout à l'heure, et je t'ai vu l'espace d'un instant. Ils n'ont pas voulu que je te tienne dans mes bras. Mais, j'ai pu voir comme tu étais belle. Tu as mes yeux.

J'avais si peur que tu lui ressembles, à lui. Mais, il n'en est rien. Et, j'en suis heureuse. Je ne l'aurai pas supporté.

Sache que si tu veux me retrouver, ma porte sera toujours grande ouverte, pour toi. Je te laisse toutes mes coordonnées au dos de cette lettre pour que tu puisses remonter jusqu'à moi.

Je te raconterai ton histoire.

Je t'expliquerai pourquoi j'ai dû te confier à d'autres personnes et pourquoi je hais ton père.

Je suis certaine qu'un jour nous nous retrouverons et qu'ensemble nous accomplirons de grandes choses.

Je te souhaite une longue vie heureuse.

Élise, ta maman.

Made in the USA
Middletown, DE
20 June 2019